Pedro Juan Gutiérrez

Kein bisschen Liebe

Aus dem Spanischen von
Luis Ruby

| Hoffmann und Campe |

Die Originalausgabe erschien 2003 unter dem Titel
Carne de perro
im Verlag Anagrama, Barcelona.

1. Auflage 2008

www.hoca.de
Satz: atelier eilenberger, Leipzig
Gesetzt aus der Palatino
Druck und Bindung: C.H. Beck, Nördlingen
Printed in Germany
ISBN 978-3-455-02549-1

HOFFMANN
UND CAMPE

Ein Unternehmen der
GANSKE VERLAGSGRUPPE

»Du magst ordinäre Weiber. Hundefraß ist das.«

Meine Mutter

Die gesamte Welt ist in zwei Teile geteilt, der eine sichtbar, der andere unsichtbar. Das Sichtbare ist nur ein Abglanz des Unsichtbaren.

Der Sohar, I, 39

Inhaltsverzeichnis

Die Welt ist ein gefährlicher Ort

Der jämmerliche kleine Säufer lief mir fast täglich über den Weg. Er trieb sich am Strand herum und war ein menschliches Wrack. Nichts als ein Skelett mit Haut drüber, ohne Fleisch, ohne Muskeln. In Shorts, T-Shirt und Schlappen. Völlig verdreckt. Ich hatte ihn noch nie nüchtern und sauber gesehen.

Heute war es besonders schlimm. Der Typ lag neben einer verlassenen Strandbar im Sand. Seine rechte Hand war übel zugerichtet und blutete. Man sah Knochensplitter und Sehnen, darüber die Haut in Fetzen. Er war bewusstlos, und zwei räudige Köter schnüffelten und leckten an seiner Wunde herum.

Mir wurde von dem Anblick schlecht. Der Tag war kaum angebrochen. Ich wollte mir am Ufer mit dem Wurfnetz ein paar Sardinen als Köder fangen und dann angeln, bevor die Sonne zu stark brannte. Ich hatte meine beiden Angelruten und gute 50-Kilo-Schnüre dabei. Leicht übertrieben für das Fischen am Ufer, aber besser zu viel als zu wenig.

Ich ging hin und gab ihm ein paar Ohrfeigen, um ihn wieder zu sich zu bringen. Die Hunde knurrten und fletschten die Zähne. Ich verjagte sie mit Fußtritten. Zwei solche Nieten haben nicht mal das Recht zu bellen. Der Typ machte die Augen ein Stück auf. Sie waren ganz rot. Ich fragte ihn, was passiert sei, aber er brachte keine Antwort heraus. Es kotzt mich an, wenn mir ständig etwas dazwischenkommt, aber was sollte ich machen. Ich half ihm auf die Beine und schleppte ihn bis vor zur Straße. Dort hielt ich einen Wagen an, und wir fuhren in die Poliklinik. Ein Arzt und zwei Krankenschwestern hatten Dienst. Sie dösten vor sich hin, und es passte ihnen gar nicht, dass ich mit dem Säufer daherkam. Sie versorgten lustlos die Wunde und sagten mir, das seien Rattenbisse.

Der Typ war halb bewusstlos und nahm nicht wahr, was um ihn herum geschah. Der Arzt wollte, dass ich ihm ein Formular unterschrieb, als Verantwortlicher für den Patienten.

»Ich muss ihn zur rekonstruktiven Chirurgie an ein Krankenhaus in Havanna überweisen.«

»Ja, und?«

»Sie haben ihn hergebracht. Also müssen Sie ihn auch ins Krankenhaus begleiten. Zeigen Sie mir Ihren Ausweis und unterschreiben Sie hier.«

»Du kannst mich mal. Ich zeige dir keinen Ausweis, und ich unterschreibe auch nichts. Häng die Sache einem anderen an, nicht mir.«

Ich drehte mich um und ging zum Ausgang der Poliklinik. Dort saß ein Polizist und hielt Wache. Beim Hereinkommen hatte ich ihn nicht bemerkt. Er trat mir in den Weg:

»Bürger, hiergeblieben.«

Ich blieb stehen und sah ihm direkt in die Augen. Dann ging ich auf ihn zu.

»Was gibt's?«

»Wie kommen Sie dazu, so mit dem Arzt zu reden? Was haben Sie für ein Problem?«

»Gar keins. Es gibt kein Problem.«

»Moment, Bürger. Bleiben Sie, wo Sie sind.«

Er blickte zum Arzt und winkte ihn heran:

»Doktor, kommen Sie mal her.«

Der Arzt kam zu uns herüber. Ich ließ ihn nicht zu Wort kommen:

»Mensch, ich hab's Ihnen doch schon gesagt, ich habe den Typ so gefunden, besoffen und verletzt. Ich habe ihn mir aufgeladen und ihn hergebracht. Aber ich kenne ihn nicht, und ich bin für gar nichts verantwortlich. Ich habe ihm nur einen Gefallen getan. Kann ihn ja nicht blutend liegenlassen.«

Der Polizist setzte eine sorgenvolle Miene auf. Er dachte kurz nach, aber auf Denken war er offenbar nicht gedrillt.

»Geben Sie mir Ihren Ausweis«, sagte er.

»Verstehen Sie denn nicht, was ich sage?«

»So einfach ist das nicht. Der Mann ist bewusstlos.«

»Der Mann ist besoffen. Er ist immer besoffen.«

»Woher wollen Sie das wissen? Sie behaupten doch, Sie kennen ihn nicht und haben ihn am Strand gefunden. Ihren Ausweis, Bürger.«

Der Arzt musste auch noch seinen Senf dazugeben:

»Er soll hier unterschreiben und den Patienten ins Krankenhaus begleiten. Er ist der Verantwortliche.«

»Was, ich?! Ich bin für gar nichts verantwortlich. Sehen Sie nicht, dass ich mein Angelzeug dabeihabe? Ich war unterwegs zum Strand, wollte am Ufer angeln, und da lag dieser Penner im Sand.«

Der Polizist starrte mich an. In strengem Ton sagte er:

»Schreien Sie nicht so, und sprechen Sie, wie es sich gehört.«

»Ich spreche, wie es sich gehört.«

Ich packte den Arzt an der Schulter und sagte: »Jetzt hör mal, mein Freund, verstehst du mich denn nicht? Kannst du diesen Saufkopf nicht einfach in einen Krankenwagen stecken und ins Krankenhaus fahren lassen?«

»Er braucht eine Begleitperson. Und lassen Sie mich gefälligst los. Etwas Respekt, wenn ich bitten darf.«

»Gib ihm halt eine Krankenschwester mit. Du hast doch zwei hier.«

»Behalten Sie Ihre Ratschläge für sich. Ich weiß selbst, was ich zu tun habe.«

»Ja ja, nur ist schon sieben und ihr habt gleich Schichtende, und da kommt das natürlich ungelegen.«

»Also erlauben Sie mal …«

»Ich erlaube gar nichts. Das ist ein eklatanter Mangel an Berufsethik. Sie sind für die Sache zuständig, also ziehen Sie mich nicht mit hinein, sonst zeige ich Sie an wegen Verstoß gegen Ihre Standesregeln.«

Mit diesem Angriff hatte der Arzt nicht gerechnet. Auf einmal war er ganz still. Ich verpasste ihm noch einen Leberhaken:

»Jetzt bleibe ich wirklich da und warte, bis der Klinikdirektor kommt. Die Sache kläre ich mit ihm persönlich. Ich rühre mich nicht von der Stelle.«

Die beiden Krankenschwestern sahen erschrocken drein. Der Arzt sagte zu mir:

»Also gut, regen Sie sich nicht auf. Wir kümmern uns um die Angelegenheit. Sie können gehen.«

»Ja, ich gehe, aber um acht bin ich wieder da und rede mit dem Klinikdirektor. Das lasse ich nicht auf sich beruhen.«

Keiner sagte mehr etwas, auch der Polizist nicht. Und ich ging fischen. Natürlich kam ich nicht zurück, um mit dem Direktor oder sonstwem zu sprechen.

Ein paar Tage vergingen, bis ich den Saufkopf wieder sah. Rasiert, in sauberer Kleidung, die Hand verbunden. Er saß am Bordstein und rauchte. Er schien nüchtern zu sein. Ich ging zu ihm:

»Was macht die Hand?«

»Tut ziemlich weh.«

»Kennst du mich nicht mehr?«

»Nein.«

»Ich habe dich hier aufgesammelt und in die Poliklinik gebracht. Die Ärzte sagen, das waren die Ratten.«

»Haben sie mir auch gesagt.«

Wir fielen in Schweigen. Es gab nichts weiter zu reden. Ich bemerkte, dass er innen am linken Unterarm ein paar Ziffern eintätowiert hatte. Sie waren ziemlich groß und reichten vom Ellenbogen bis zum Handgelenk: 10-8-94.

»Na dann, Vorsicht mit den Ratten. Dass sie dich nicht noch mal beißen.«

Dazu lächelte ich. Der Typ sah mich nicht an und lächelte nicht. Ich ging fischen. Der Hurrikan Michelle hatte den Strand verwüstet. Er hatte den gesamten Sand bis an die Kokospalmen geweht. Am Ufer blieben nur Steine, Betonüberreste vom früheren Kai und felsiger Untergrund. Etwa zwanzig Goldsucher staksten und buddelten im Sand herum. Einige Silbermünzen waren aufgetaucht. Von wegen Goldschmuck. Nichts als Silbermünzen, die seit vierzig Jahren nicht mehr im Umlauf waren. Hunderte davon. Es war eine langweilige, ungewisse Plackerei. Viele Stunden im Wasser, abgebrochene Bretter an den Füßen, den Blick auf mögliche Fundstücke geheftet. Zähe Burschen waren das. Zum Glück hatte ich die Zeiten hinter mir. Ich hatte es nicht mehr nötig, mir mit irgendwelchen miesen Jobs meine täglichen vier Pesos zu verdienen. Jetzt recherchierte ich für einen Kriminalroman mit etlichen brutalen Morden, bescheuerten Polizisten und professionellen, widerwärtigen Killern.

Wieder vergingen einige Tage, ohne dass ich den Saufkopf gesehen hätte. Eines Abends, es war schon fast dunkel, hatte ich ein paar intus und saß unter einer Kokospalme am Ufer. Ich sah aufs Meer hinaus. Ein starker Wind blies, und es gab hohe Wellen. Das Wasser verfärbte sich dunkel, und die Sonne ging rasch unter. Ich dachte an ein Buch, einen Ratgeber, den ich damals las. Darin hieß es, mit Übung könne man seinen Zorn beherrschen und schließlich ganz ausschalten. Das klang überzeugend. Ich musste es versuchen. Ich konnte nicht weiter so jähzornig sein und kaputtschlagen, was mir in die Finger kam. Ständig schlug ich wild um mich, um mir Luft zu schaffen.

Im Flachmann war noch ein wenig Rum. Ich stand auf und machte mich auf den Heimweg. Ich kam an der verlassenen Strandbar vorbei. Hinten an der Wand lehnte der Säufer. Ich sah eine kleine Tür und einen Verschlag. Dort hatte der Typ eine Matratze, eine Glühbirne, ein paar Schachteln und Stoffetzen. Er hockte neben der Tür und tätowierte sich etwas in den linken Unterarm, unterhalb der Ziffern. Ich hob die Hand und ging zu ihm.

»Na, wie läuft's, mein Freund?«

Er sah mich an, grüßte aber nicht zurück. Er tätowierte sich weiter den Arm mit einer Nadel und schwarzer Tinte aus der Mine eines abgebrochenen Kugelschreibers. Der Verband an seiner Hand war derselbe wie beim letzten Mal, nur dreckig und blutverschmiert.

»Was machst du da?«

»Siehst du doch, oder?«

»Weißt du nicht mehr, wer ich bin?«

Wieder sah er mich an. Er war besoffen. Er antwortete nicht.

»Willst du einen Schluck?«

Er lächelte. Er streckte die Hand aus, nahm einen langen Zug aus meinem Flachmann und gab ihn mir zurück. Ich setzte mich hin. Viel Rum war nicht mehr da, aber ich würde ihm den Rest aufsparen.

»Ich mag Tattoos. Da, schau.«

Ich zeigte ihm meines.

»Das ist ja farbig. Saubere Arbeit.«

»Und was ist das für ein Datum?«

Ich deutete auf seinen Unterarm.

»Warum willst du das wissen?«

»Wie heißt du eigentlich?«

»Bist du ein Bulle?«

»Nein.«

»Was fragst du dann so viel?«

Ich hielt ihm noch mal den Flachmann hin. Er leerte ihn in einem Zug. Bis auf den letzten Tropfen. Ich schraubte den Flachmann zu und steckte ihn ein. Wir saßen da und schwiegen. Er tätowierte sich einen Namen unter das Datum: ALEJAND.

»Was ist das für ein Name? Alejandra?«

»Alejandrito. Mein Jüngster. Er war zwölf.«

»Ist er gestorben?«

»Er und sein Bruder Carlos. Ich tätowiere mir beide Namen.«

»Und das Datum? Der Tag, an dem sie starben?«

»Ja.«

»Was ist passiert?«

»Die Haie haben sie gefressen.«

»Kein Scheiß, Mann!«

»Vor meinen Augen. Ganz nah am Ufer. Man konnte noch die Lichter von Cojímar sehen.«

»Am 10. August 1994?«

»Ja. Ich weiß nicht, wie ich's bis ans Ufer geschafft habe.«

»Warst du betrunken?«

»Weiß nicht mehr. Ich glaube nicht. Hast du noch Rum?«

»Der ist alle. Waren noch mehr Leute dabei?«

»Wir waren zu sechst. War ein mickriges Floß. Hast du noch Rum?«

»Nein, der ist alle.«

Er lehnte sich an die Wand. Er schloss die Augen und sagte ganz leise:

»Am liebsten würde ich sterben.«

»Willst du eine Pizza?«

»Nein. Hast du noch Rum?«

»Nein, der ist alle.«

»Hau ab.«

Ich überlegte kurz und fragte dann: »Du willst mehr Rum?«

»Ja, gib her.«

»Wart einen Moment.«

Ich besorgte eine Flasche und machte sie vor seinen Augen auf. Ich nahm einen tiefen Schluck und hielt sie ihm hin:

»Da. Schenk ich dir.«

»Und von dem guten. Mit Siegel.«

»Und die Mutter der Jungen?«

»Die hat mich verlassen, da waren sie noch klein. Ich bin Vater und Mutter gewesen.«

Ich brachte es nicht über mich, weiterzufragen. Er tätowierte weiter seinen Arm und trank in großen Schlucken aus der Flasche. Ich fragte:

»Willst du was essen?«

»Nein.«

»Isst du nie was?«

Er sah mich an und sagte:

»Frag nicht so viel Scheiß.«

»Wenn ich dir irgendwie helfen kann …«

»Nein.«

Ich blieb noch eine Weile still sitzen. Er nahm noch einen Schluck. Nach kaum fünf Minuten war die Flasche halb leer. Er stellte sie auf den Boden, holte angestrengt Luft, sah mir in die Augen und sagte:

»Ich hab ihre Schreie noch in den Ohren, wie Nägel. Verdammt, ahhhhh!«

Er kniff die Augen ganz fest zusammen und hielt sich mit beiden Händen die Ohren zu. Dann griff er erneut zur Flasche. Er trank und sagte:

»Die Welt ist ein gefährlicher Ort.«

Er machte sich wieder an die Tätowierung. Ich verabschiedete mich.

»Also, mein Freund, wir sehen uns.«

Er antwortete nicht. Er war zu betrunken und konnte die Tätowiernadel nicht richtig führen. Ich machte mich aus dem Staub und sah ihn nicht wieder. Zwei Wochen verstrichen. Wie immer ging ich fischen und schwimmen, las weiter, wie man seinen Zorn beherrscht, und dachte ständig an meinen Krimi, aber ich konnte mich nicht aufraffen, mit dem Schreiben anzufangen.

Eines Abends sah ich von zu Hause aus eine große Zahl von Truthahngeiern über dem Strand kreisen. Da traf mich alles wie eine Vorahnung. Ich schloss die Tür und ging den Hügel hinunter. Es wurde gerade dunkel.

Zahlreiche Schaulustige waren schneller gewesen als ich, und die Polizei hatte den Strand rings um die verlassene Bar abgeriegelt. Die Beamten ließen die Geier nicht herankommen. Ein alter Mann sagte mir, Ratten und Geier hätten die verfaulte Leiche fast ganz aufgefressen. Der Alte brach in Gelächter aus.

»Hahaha. Viel Fleisch hatte der nicht auf den Knochen. Die werden ihm das Mark ausgesaugt haben.«

Ich antwortete nicht. Schließlich versuchte ich mein Zornbeherrschungsprogramm durchzuhalten. Am liebsten hätte ich ihm gesagt: ›Reden Sie nicht so einen Scheißdreck, Señor.‹ Aber ich riss mich zusammen. Ich ging zu einem der Polizisten und fragte:

»Was passiert mit den Überresten? Wird er beerdigt oder …?«

»Keine Ahnung, Genosse. Wir warten noch auf die Kollegen von der Gerichtsmedizin. Die werden's wissen. Warum fragen Sie? Sind Sie mit ihm verwandt?«

»Nein, nein.«

Ich ging weg und versuchte, die Sache zu vergessen. Ich wollte mich auf meinen Roman konzentrieren und anfangen zu schreiben.

Einsamkeit und Stille

Ich mietete mir für vier Tage ein Haus in Guanabo und fuhr allein los. Ich wollte niemanden sehen, sprechen oder hören. Ich brauchte Einsamkeit und Stille. Als ich ankam, war Sonntagmittag. Ich stellte die Tasche in eine Ecke. Ich zog Badehose und Gummischlappen an und ging raus. Der Strand liegt dreißig Meter hinter dem Haus. Ich kaufte an einer Imbissbude eine Flasche Rum, schlenderte ein wenig den Strand entlang und setzte mich unter ein paar Kiefern in den Schatten. Zu viele Leute. Zu viel Lärm, Musik, Kinder, und alle ließen Energie ab. Am unterhaltsamsten war es, den Paaren zuzusehen, die im Wasser vögelten. Ein Pärchen trieb es schon seit einer ganzen Weile ohne Unterlass. Der Typ ließ wie wild die Hüften kreisen. Beide hatten die Augen geschlossen. Sie hatte herrliches, fast hüftlanges schwarzes Haar. Alle zwei Minuten warf sie den Kopf in den Nacken und war völlig weg. Ich nahm an, das war jedes Mal ein Orgasmus. Der Typ hatte den richtigen Punkt erwischt und ließ keinen Millimeter Raum. Perfekt. Im Wasser vögeln ist das Beste, was es gibt – die Frau rittlings, und man selbst berührt mit den Füßen gerade so den Grund.

Das einzige Problem für den Mann besteht darin, die

Ejakulation so lange wie möglich zurückzuhalten, und das ist ganz einfach: Man zieht den Schwanz kurz raus, kühlt ihn einige Sekunden im Wasser und steckt ihn wieder rein. Mit diesem Trick macht man die Frauen verrückt. Das Pärchen schloss die Augen, und die Menschheit hörte auf zu existieren. Wenige Meter entfernt schrien und tobten die Leute, sie aber waren in einer anderen Welt.

Ich ging ins Wasser, schwamm näher, beobachtete die beiden verstohlen. Der Typ war dünn, hatte Tattoos an den Armen und sah aus wie einer, der weiß, was läuft. Sie wirkte wie ein wohlgenährtes Mädchen aus gutem Hause. So wie sie kam, konnte sie jedenfalls keine Stricherin sein. Eine Straßennutte weiß ihre Orgasmen zu beherrschen, um sich nicht zu überanstrengen.

Ich bekam einen prächtigen Ständer. Ich widerstand der Versuchung und schwamm ein ganzes Stück weit weg. Bald war ich etwa dreihundert Meter vom Ufer entfernt, aber der Lärm war noch immer zu hören. Tausende und Abertausende von Menschen, die Rum und Bier tranken, Musik hörten, schrien, herumsprangen und spielten, und dazu kreischten die Kinder. Die Sonne brannte gnadenlos herunter, Hitze und Feuchtigkeit waren kaum zu ertragen. Die Polizei patroullierte auf und ab und ließ sich von ein paar möglichen Verdächtigen die Papiere zeigen. Tiefdunkle Wolken zogen über den Himmel und türmten sich immer weiter auf.

Als ich genug vom Schwimmen hatte, ging ich aus dem Wasser und trank weiter meinen Rum, philosophisch-gemächlich. Ich lehnte mich gegen eine Kiefer und machte ein Nickerchen. Ich weiß nicht, wie lange. Als ich aufwachte, spielten die Leute noch immer verrückt. Sie schrien und rannten ziellos herum. Normal. Das machen wir immer. Schreien und rennen, ohne Orientierung.

Es blies ein starker Wind von Süden. Sehr erfrischend. Auf einem breiten Streifen hinter mir regnete es bereits. Inzwischen war der Himmel von schwarzen, prallen Wolken übersät. Binnen weniger Minuten legte sich der Wind, und der Wolkenbruch kam nieder. Mit Blitz und Donner. Ein heftiges Unwetter mit dicken kalten Tropfen und einer Reihe teuflischer Donnerschläge, die einem richtig Angst machten.

Ich stand auf und ging ins lauwarme Wasser. Im selben Augenblick begann die große Stampede. Alle flohen vom Strand. Die Herde rannte an ihren Zufluchtsort. Die Leute fürchten sich vor Regen und Blitzen. Wie vor vielem anderen auch. Von Geburt an impft man uns diese Scheiße ins Blut: Respekt und Angst. So können sie uns wunderbar kontrollieren. Bis ins Grab. Hauptsache, du erhebst nie zu deutlich deine Stimme.

Wir waren nur noch wenige im Wasser. Es ist herrlich, den Regen auf dem Meer zu betrachten. Die riesigen Tropfen klatschen auf die glatte Oberfläche und verursachen Spritzer. Ich tauchte bis zur Nase unter. Nun befanden sich meine Augen auf Höhe der Wasseroberfläche, und ich sah vor mir ein grausilbriges Stück kinetische Kunst.

Ich ging wieder an Land und spazierte ein wenig über den Strand, durch den Regen. Zwei Schwulengrüppchen hatten sichtlich Spaß. Die eine Gruppe bestand aus vier muskulösen Jungs, die sich reihum auf den Hintern schlugen, küssten und abknutschten. Die andere wurde von einem perversen, fettwanstigen Mulatten angeführt. Sehr vulgär, aber wirkungsvoll. Umringt von drei Jüngelchen, die ihm zu Willen waren und ihn verehrten wie Caligulas Epheben. Sie betatschten sich und heizten sich gegenseitig an, ein unschuldiges Spiel, aber in crescendo, der Auftakt für die Nacht.

Ich spazierte bis zur Imbissbude. Das Unwetter wollte nicht nachlassen. Fünf Mädchen im Alter von zwölf oder dreizehn tanzten ausgelassen durch den Regen. Sie waren ordinäre Flittchen. Unverwechselbar. Sie wiegten sich provozierend in den Hüften, lachten schallend und grundlos. Ein hormongesteuertes Lachen. Sie wollten Stars sein und warfen Blicke nach allen Seiten, auf der Suche nach einem Publikum. Der Hunger nach Sex quoll ihnen aus allen Poren. Ein Kioskverkäufer drehte die Musik lauter. Nun war sie in einem Umkreis von zwanzig Kilometern zu hören. Es lief ein Salsa-Song, und der Refrain wiederholte ein ums andere Mal:

Und heiße Blicke rundherum.
Mit mir? O ja!
Du haust mich um!
Und heiße Blicke rundherum.

Erst glaubte ich, das sei der Refrain. Aber nein. Das war schon alles. Sehr zeitgemäß. Besser, man denkt nicht, sondern tanzt. Tanzen ohne Ende. Und immer schön lächeln.

Die leckeren Girls trällerten und tanzten. Sie trugen winzige Bikinis, die sich eng um ihre kleinen Titten und Hintern schmiegten. Uff, ich will allein sein, aber die Einsamkeit tut weh. Ich suche stets die Gefahr. Manchmal glaube ich, die Gefahr verfolgt mich.

Ich stellte mich unter der Markise der Imbissbude unter. Bestellte ein Stück gegrilltes Huhn und ein Bier. Die Älteste aus der Clique hörte auf zu tanzen und kam herüber. Sie war vielleicht dreizehn. Nicht älter. Charmant bat sie mich um ein Stück Huhn.

»Gibst du mir was ab?«

»Hast du Hunger?«

»Ja.«

Ihre strahlende Lüsternheit sah man auf den ersten Blick. Sie war eine kräftige, hochgewachsene Mulattin mit prallen Titten und einem runden kleinen Knackarsch. Ihr Blick war lasziv. So lasziv, dass ich ganz nervös wurde. Ich gab ihr, was noch von dem Hühnchen da war, dazu die Bierdose, und sagte mir: ›Das ist nicht drin, mein Junge. Ruhig, entspann dich.‹

Die kleine Mulattin schlang alles in einer Sekunde runter und sagte: »Kauf mehr.«

»Nein.«

»Komm schon, Mensch, stell dich nicht so an. Du hast Geld. Kauf mehr, und wir gehen, wohin du willst.«

»Wie alt bist du?«

»Zwanzig. Siehst du nicht, was ich zu bieten habe?«

»Ach, hör auf. Du bist dreizehn oder vierzehn.«

»Na und? Hast du etwa Schiss? Komm schon, Mann, kauf mehr und wir hauen ab. Los jetzt, ich hab echt Hunger.«

»Tanz lieber noch ein bisschen. Ich seh dir gern zu.«

Sie verzog das Gesicht und streckte mir die Zunge heraus wie ein ungezogenes Gör. Dann ging sie zurück zu den anderen, die einige Meter entfernt unter dem kalten Wolkenbruch hemmungslos tanzten. Ich kaufte noch eine Flasche Rum und ging völlig durchnässt zurück an den Strand. Die fünf Mädchen rannten an mir vorbei, kreischten wie verrückt und stürzten sich ins Wasser. Bei ihnen allen spielten die Hormone verrückt. Dort blieben sie und tollten herum.

Schließlich ließ der Regen nach. Ein paar Schritte weiter war eine Gruppe Betrunkener. Einer von den Männern brach Streit mit seiner Frau vom Zaun. Einer kolossal Dicken. Der Typ schrie sie an: »Du mußt mit gar niemand quatschen, verdammt noch mal! Dreckschlampe!«

»Leck mich doch am Arsch! Die Schlampe, das ist deine Mutter, du Wichser!«

Der Typ haute ihr eine runter. Die Dicke fing an zu heulen, knallte ihm aber ebenfalls eine. Die anderen gingen dazwischen und zerrten sie auseinander. Die Dicke schluchzte, aber sie war hart im Nehmen. Sie versuchte, dem Typen noch eine zu verpassen. Ein zwei- oder dreijähriges Kind klammerte sich an ihre Hand und heulte und schrie wie am Spieß. Die Dicke drehte sich Richtung Ufer um und sprang kopfüber ins Meer. Sie sah aus wie ein Wal. Sie weinte und zog Grimassen. Es war zum Totlachen. Die beiden erinnerten mich an Dick und Doof. Der Frau bebten die Mundwinkel. Fast hätte sie einen Alkoholstrahl ausgespien. Zwei Männer hielten noch immer ihren Mann fest. Der Typ trug vier Goldketten und ein Riesenmedaillon mit einer Heiligen um den Hals; seine Brust war behaart wie die eines Bären, und er war sturzbesoffen. Er lallte:

»Ich bring sie um! Was quatscht die mit'm Scheißschwarzen!«

Einer seiner Freunde sagte: »Hör mal, du bist doch hier der Macker. Der Schwarze ist abgehauen, der hat sich nicht mal umgesehn. Das ist doch nur 'ne feige Ratte.«

Ich packte meine Flasche, stand auf und ging. Immer dasselbe, überall. Zu Hause schaltete ich Radiomusik ein und setzte mich hin. Nein. Ich stand wieder auf und schaltete das Radio ab. Stille. Ich wollte an nichts denken. Das war mein Vorsatz. Ich hatte Lärm und Leute satt. Ich setzte mich in den Eingang. Dort stand ein ziemlich bequemer Sessel. Ich trank noch etwas Rum. Von meinem Sessel aus konnte man wunderbar die Abenddämmerung sehen. Einen herrlichen Sonnenuntergang über dem Meer.

In wenigen Minuten brach die Nacht herein. An der Imbissbude wurde das Licht eingeschaltet. Auch in einigen Wohnungen gingen Lampen an, dazu ein paar Laternen auf der engen, halb vom Sand zugedeckten Straße, die zum Ufer führte. Plötzlich: wupp! Stromausfall. Überall wurde es dunkel. Ich trank noch ein paar Schlucke. Ich versuchte, nicht zu denken. Das ist ganz wichtig. Nicht denken. Ich versuche es mehrmals täglich. Ich ließ den Sessel stehen und schlenderte an den Strand. Ich atmete tief durch: frische, saubere Luft. Endlich waren da Stille und Einsamkeit. Ein Flugzeug blinkte, während es langsam im Sinkflug auf den Flughafen zusteuerte. Ich hörte das Dröhnen der Turbinen und sah die Positionsleuchten, bis es hinter den Hügeln von Campo Florido verschwand. In der Luft blieb nur das sanfte Rauschen der Wellen, die an den Strand schlugen. Ganz kleine Wellen. Kein Lüftchen regte sich. Niemand war da. Alle Häuser lagen in Dunkelheit und Stille. Ich dachte: Der Tod bedeckt alles mit einem schwarzen Umhang.

Die Ruhe dauerte kaum eine Minute. Dann wurde sie vom Stottern eines Motors brutal durchbrochen. Es war ein kleiner Lada. Der Fahrer brachte den Wagen schier zum Explodieren. Er trat das Gaspedal durch, und der Lada fauchte wie ein LKW. Im Dunkeln bretterte er durch die Gasse. Ohne Licht. Der Lärm war so ohrenbetäubend, dass ich dachte, es würde den Wagen gleich in Stücke reißen. Die Räder machten einen Satz über den letzten Zentimeter Asphalt und bissen in den Sand. Der Wagen sank ein. Der Typ stieg aufs Gas. Der Wagen fauchte. Der Typ gab Vollgas. Der Wagen sank noch tiefer ein. Aus dem Motorraum war eine Explosion zu hören, dann starb der Motor ab. Stille. Fuchsteufelswild stieg der Typ aus und begann, auf sein Auto einzutreten und einzuschlagen. Er prügelte mit maßloser Wut gegen den Wagen und rannte dann aufs Wasser zu. Er ließ sich in den nassen Ufersand fallen und schlug einige Male mit den flachen Händen gegen den Boden. Dann blieb er bäuchlings liegen, schwer atmend. Er bekam fast keine Luft mehr. Schließlich brach er in Tränen aus.

Noch nie hatte ich bei einem Mann einen derart übertriebenen hysterischen Anfall gesehen. Ich nahm meine Flasche Rum und machte mich auf den Heimweg. Ich hatte keine Ahnung, was ich jetzt tun sollte. Ich trank einen großen Schluck, setzte mich in den Sessel am Eingang und sah in die Dunkelheit. Die unermessliche Dunkelheit. Es ist schrecklich, nicht innehalten zu können.

Es gibt keine Antworten mehr

Ich spiele Billard mit einem Unbekannten. Wir stoßen nur die weiße Kugel über Bande. Wir spielen Karambolagen. Ich mag Stöße mit Effet über zwei Banden. Sieht schwierig aus. Aber nein. Reine Geometrie.

Ich verliere die erste Partie. Ich zahle das Bier. Wir stehen am Eingang einer Strandbar. Im Juli ist es sehr heiß und feucht. Es weht kein Lüftchen. Fünfzig Meter von uns zerrinnen die Wellen sachte im Sand. Aber man hört sie nicht und es riecht nicht nach Salpeter. Nichts. Nur der Billardtisch und der Typ gegen mich. Ein etwa zwanzigjähriges Mädchen kommt herein und setzt sich an einen Tisch. Mit ihr kommen ein Mann und eine Frau. Ebenfalls jung. Sie kommen wohl aus dem Osten der Insel: halb Indios, halb Mulatten. Ernste Gesichter. Sie reden nicht. Bauern auf Urlaub, gerade angekommen. Sie sondieren das Terrain. Sie bestellen etwas zu trinken. Das Mädchen sieht mich an. Ich schaue zurück. Sie ist sehr hübsch, aber ich will keine Probleme mit jungen Frauen. Vor sechs Monaten hat mir ein Arzt eine Metallperle unter der Haut eingesetzt. Zwei Zentimeter hinter der Eichel, auf der Oberseite. Er wollte dafür fünf Dollar. Seine Praxis ist etwas eklig, mit Fliegen und Guasasa-Mücken. Bestimmt gibt es auch Kakerlaken und

Mäuse. Ich sagte ihm: »Morgen komme ich zum Verbandwechseln, und wenn sich nichts entzündet, zahle ich dir noch mal fünf.« Er hat seine Sache prima gemacht, und hier ist die Perle. Eigentlich handelt es sich um eine kleine Kugel aus rostfreiem Stahl mit vier Millimetern Durchmesser. Ich brauche nur die Eichel einzuführen und zu ertasten, wo sich die Perle an der Klitoris reibt. Das ist alles. Sie bekommen einen Orgasmus nach dem anderen, werden süchtig nach der Perle und verfolgen mich. Sie wollen ihre tägliche Dosis, und ich weiß nicht, wo ich mich verstecken soll. So ist es. Manchmal schreitet das Leben sprunghaft voran. Mit Flüssen und Rückflüssen. Nicht immer. Nur manchmal.

Nun muss ich vorsichtig sein. Ein Tiger muss seine Beute sorgsam wählen. Ich beachte die Kleine aus dem Osten nicht weiter und widme mich wieder unserem ›Billard bizarr‹. Ich konzentriere mich. Mit Mühe vermeide ich es, das Mädchen weiter anzusehen. Es gibt Tausende wie sie. Ich spiele Karambolagen. Ich erziele zwei weitere Punkte. Es bleiben noch drei Kugeln. Der andere stößt – daneben. Ich stoße und treffe erneut. Es sind noch zwei Kugeln. Fünf Stöße, und die beiden Kugeln sind versenkt. Der Typ zahlt mir ein Bier und geht. Die Provinzler sind auch schon weg. Ich setze mich mit dem Bier hin. Es läuft unerträgliche Musik. Ich lasse das halbvolle Glas stehen und gehe. Eigentlich mag ich sowieso kein Bier. Ich trinke immer Rum. Es ist eine halbe Stunde vor Mitternacht. Gegenüber ist eine Disko, randvoll mit jungen Leuten. Ein Stück weiter steht eine Imbissbude, wo Brathähnchen und Getränke verkauft werden. Dort arbeitet Lena. Jeden zweiten Tag. Wir haben uns ein paar Mal unterhalten. Sie hat grüne Augen. Oder blaue. Zwei Kinder. Sie ist vierzig. Sie war mal Krankenschwester und ist ein fröhlicher Mensch, bis zu einem gewissen Punkt. Sie hat die Kunden gut im Griff. Hält sie auf Distanz. Vor allem, weil sie hinterm Tresen steht. Zu mir war sie ganz entgegenkommend. Sie hat mich zwei, drei Mal angelächelt, und wir haben uns unterhalten. Sie gefällt mir. Wenn ich nicht verliebt bin, gefallen mir fast alle Frauen. Sie hören erst auf, mir zu gefallen, wenn ich meinen Geist und meine Energie auf eine Einzige konzentriere. Manchmal kommt das vor. Für eine Zeit lang. Dann fange ich wieder bei null an. Es ist tragisch und ermüdend. Ich gehe zu der Imbissbude. Ich frage eine Frau, die dort arbeitet, nach Lena.

»Die ist heute Abend nicht da. Sie kommt morgen früh um sieben.«

»Danke.«

Ich spaziere weiter. Junge Leute. Hitze und Feuchtigkeit, Fliegen und ein Geruch nach Verwesung. Wenn es so heiß ist, hänge ich nur rum. Manchmal würde ich am liebsten jeden Sommer zurück nach Schweden gehen. Trotz der Langeweile und der eintönigen Landschaft und der wohlabgewogenen Unfreundlichkeit, mit der sie einem das Visum erteilen. Der bloße Gedanke daran schnürt mir die Luft ab. Ich schlendere bis ans Meeresufer. Gehe den Strand entlang, atme tief durch. Ich schließe die Augen und fülle meine Lungen.

So bleibe ich einige Minuten ruhig stehen. Ich höre das sanfte Murmeln des Meeres und spüre, wie allmählich Gelassenheit an Stelle der Beklemmung tritt. Dann höre ich, wie eine Tür zugeschlagen wird, Frauenstimmen. Ein Streit.

Ich sehe mich um, und da stehen die Lesben. Fünfzig Meter vom Strand entfernt haben sie ein kleines Haus, neben einer verfallenen Cafeteria, die vor Jahren dichtgemacht wurde. Auf der anderen Seite des Hauses haben sie ein von Unkraut bewachsenes Stückchen Land und eine Kokospalme. Unter der Palme parken sie ihren alten Chevy, Baujahr '55. Ein Wrack. Sie haben ihm einen Dieselmotor aus einem russischen Traktor eingebaut. Früher war er mal grün und weiß. Sie sind eine ziemlich lustige Lesbentruppe. Alle sehr männlich. Ich kapiere nicht, wie sie im Bett klarkommen. Manchmal reden wir über alte Autos und Reparaturen. Jetzt kommt ein ganzer Schwung von ihnen heraus. Sie sind zu fünft. Aufgekratzt. Beschwingt. Sie stehen auf Gras und Alkohol.

Sicher gehen sie sich irgendwo in der Nähe amüsieren. Sie stören die Ruhe des Chevy nicht.

Ich schließe wieder die Augen und atme weiter. Mir scheint, dass ich jetzt gelassen genug bin, und ich gehe schlafen. Mitternacht. Ein Uhr morgens. Weiß nicht. Ich habe mir ein Haus hinter dem der Lesben gemietet. Ich schalte das Licht aus. Lege mich hin. Selbst die Matratze und die Laken sind heiß. Wieder bekomme ich nicht genug Luft. Ein Flugzeug fliegt über das Dorf hinweg. Ich höre das gedämpfte Dröhnen der Turbinen. Das Flugzeug setzt zur Landung an. Und die Dunkelheit schließt sich über mir. Ich spüre die Nähe des Wahnsinns. Die Panik. Es gibt Augenblicke von höchster Klarheit. Wenn man diesen Punkt erreicht, könnte man wahnsinnig werden, weil man sieht: Es gibt keine Antworten mehr. Es ist, als käme man ans Ende des Weges und wüsste, dass man keinen einzigen

Schritt mehr machen kann. Und umkehren ist unmöglich. Ich entspanne mich. Atme flach. Ich glaube, dass der Wahnsinn sich entfernt. Ich bin sehr müde. In dem kleinen Park an der Ecke hole ich meinen Schwanz raus und fange an zu pissen. Es ist eine Grünfläche mit drei oder vier gusseisernen Bänken und ein paar Meertraubenbäumen. Ich uriniere mit viel Druck. Ein langer, intensiver, kräftiger Strahl. Zwei dünne, junge Flittchen stehen da und vergnügen sich, als wären sie unter der Dusche. Sie ähneln dem Provinzmädchen, das mich im Billardsalon angesehen hat. Nur ein bisschen dünner. Und bester Laune. Ich bepisse sie, als wäre mein Schwanz ein unerschöpflicher Gartenschlauch. Sie sind durchweicht von dem warmen Urin und lachen schallend. Es ist spät in der Nacht. Einige Leute gehen ruhig an uns vorbei, aber niemand sieht hin. Da taucht ein Polizist auf. Ein großer, strenger, kräftiger Schwarzer. Er bedeutet mir, mit dem Pissen aufzuhören und zu ihm zu kommen. Autsch, denke ich, jetzt gibt's Stunk. Ich höre auf zu pissen, schüttle meinen Dingerich, packe ihn ein und gehe rüber. Der Typ fragt mich, ob ich verrückt geworden sei.

»Nein, Kumpel, die mögen das.«

»Antworten Sie korrekt.«

Er genießt seine Uniform und seine Pistole und seinen schwarzen Gummiknüppel und sein Gasspray und seine Handschellen und sein Walkie Talkie. Er steht vor mir wie der Supermacho aus einem Film, breitbeinig, sehr streng. Spektakulär.

»Okay, dann halt ohne Kumpel. Die mögen das.«

Und ich weiß nicht was noch. Ich kann mich nicht erinnern. Wahrscheinlich habe ich weitergeschlafen.

Untreu bis in den Tod

Der Strand war um sieben Uhr morgens absolut menschenleer. Das Meer blau, durchsichtig und warm. Im Juli sind die Sonne und die Hitze so stark, dass das Wasser am Ufer über Nacht nicht abkühlt. Ich schwamm langsam vor mich hin. Es ging kein Wind. Nur eine leichte Brise, die nicht ausreichte, um die Oberfläche zu kräuseln. Es war wie in einem Schwimmbecken.

Ich gehe gern früh schwimmen. Mein Vater brachte uns immer bei Tagesanbruch an den Strand. Mein Bruder und ich haben zwischen sechs und sieben Uhr morgens schwimmen gelernt. Manchmal erinnere ich mich in aller Klarheit an jene Zeit. Aber meine Gefühle von damals steigen nicht wieder auf. Es ist nur ein angenehmer Film. Ich sehe alles vor mir, bis ins kleinste Detail. Und ich werde unruhig. Ob ich wohl blockiert bin? Na ja, auch egal. Fünfzig Jahre sind wie ein Wirbelsturm über mich hinweggefegt seit jenen behaglichen morgendlichen Schwimmstunden.

Über eine halb von Sand bedeckte Straße kam ein Typ an. Ein kahlköpfiger Mann um die fünfzig. Er trug eine blaue Hose und ein weißes Hemd. Ein Busfahrer, dachte ich. Der Busbahnhof ist ganz in der Nähe. Der Typ suchte den Schatten einer Kokospalme. Es gab eine kleine Sanddüne, die von Gras und lila Blumen bewachsen war. Er ging die Düne hoch, setzte sich hin und fing an zu weinen. Er zog ein Taschentuch hervor. Blickte hierhin und dorthin. Niemand da. Er weinte weiter. Ich schwamm etwa zweihundert Meter vom Ufer entfernt, und er konnte mich nicht sehen. Der Glanz der Sonne, die noch sehr niedrig stand, brach sich auf der Wasseroberfläche wie in einem Spiegel. Ich trieb inmitten dieses Lichtstreifens, vom Ufer aus unsichtbar.

Der Typ wischte sich ein ums andere Mal die Augen ab, weinte aber immer weiter. Er hatte die Ellenbogen auf die Knie gestützt.

Ich schwamm noch ein Stück. Sachte. Ohne Spritzer. Und dabei behielt ich ihn stets im Auge. Schließlich stand er auf. Er schneuzte sich. Steckte das Taschentuch in die hintere Hosentasche. Er zog den Gürtel fest und ging langsam über dieselbe Straße zurück. Er wirkte auf mich traurig und erschöpft.

Ich stieg aus dem Wasser. Es war wohl erst kurz nach acht, aber die Sonne brannte schon unerbittlich herunter. In der Ferne tauchte eine Gruppe von Leuten mit Hunden auf. Ich ging zu einer Kokospalme etwa dreißig Meter vom Ufer entfernt und suchte Schutz in ihrem Schatten. Dort hatte ich meinen kleinen Rucksack mit einem Handtuch, einer Kappe, der Sonnenbrille, den Gummilatschen und einem Buch. Ich ging entspannt ein paar Schritte. Ohne an irgendetwas zu denken. Es ist schwer, aber manchmal schafft man es. Sich das Nichts einhämmern. Sich das Nichts einhämmern. Viele Male am Tag. Sich für das Nichts bereit machen. Im Rucksack hatte ich die Biografie von Leopold Sacher-Masoch, aber ich sagte mir, jetzt will ich nicht lesen.

Ich will nicht lesen. Ich will überhaupt nichts wissen. Es ist schon genug.

Ich ging weiter, den Blick auf den Sand gerichtet. Am Fuß einer anderen Kokospalme lag ein gebrauchtes Kondom voller Sperma. Eine Unmenge Samen. Hunderte von Ameisen wuselten nervös, aufgeregt, in und um das Kondom herum. Sie tranken, fraßen, kauten und schluckten Spermatozoiden. Hunderte von kleinen Ameisen, fröhlich und vergnügt, verschlangen die mikroskopischen Leichen Tausender von Menschenwesen. Ich blieb einen Augenblick stehen und beobachtete aufmerksam das Ameisenfest. Das Ameisenbankett.

Ich ging noch ein Stück am Ufer entlang, bis mich der Wind ganz getrocknet hatte. Dann zog ich mich an und machte mich auf den Heimweg. Vielleicht nimmt alles um mich herum Form an, und ich muss nicht weiter einsam und still der kruden, ungeschminkten Brutalität zusehen, als wäre das Leben ein endloses Drama.

»Das Leben ist eine Komödie«, sagte ich mir. Man muss es wiederholen, bis es wahr ist. Das Leben ist eine Komödie. Das Leben ist eine Komödie.

Und ich hatte kein Ziel

Der Salpetergestank drang durch die Fenster und war ekelhaft. Die Raffinerie stößt Schwefeldampf aus, und wenn es windstill ist, staut er sich über diesem Teil der Stadt. Die Luft stinkt nach Scheiße, bis man sich daran gewöhnt hat und aufhört, es zu bemerken. Die Schwefelpest, die Hitze, die Feuchtigkeit, die Mücken, der Schweiß, die heiße Matratze, der schwachbrüstige Ventilator, der Staub von den Termiten, der von den Deckenbalken herunterrieselt. So geht das den ganzen Sommer. Keiner gewöhnt sich daran. Ans gute Leben dagegen hat man sich schnell gewöhnt. Es war schwer einzuschlafen. Morgens waren wir müde, verschwitzt, schlecht gelaunt und hatten Ringe unter den Augen. Ich goss mir zur Abkühlung Wasser über den Kopf und ging in die Küche, um Kaffee zu kochen. Wir sprachen kein Wort. Wozu auch? Julia machte sich im Bad frisch. Heute Morgen will sie in einen Second-Hand-Laden gehen. Sie nennen die Klamotten Recycling-Kleidung, damit es besser klingt. Julia wird als Verkäuferin eingestellt und bekommt hundertzehn Pesos im Monat. Fünf Dollar fünfzig. Sie geht davon aus, dass die Geschäftsführung ein Auge zudrückt, wenn sie jeden Tag etwas mitgehen lässt, um ihr Gehalt aufzubessern. Ein paar Hemden, eine Hose, egal was. Sie ist sowieso seit zwei Jahren arbeitslos.

Während ich neben der Kaffeemaschine warte, höre ich, wie die Gläser und Tassen aneinanderstoßen, in einem Regal, das an der Wand lehnt. Gestern Abend habe ich das schon gehört und jetzt wieder. Ist das das Erdbeben? Vor Jahren, als ich Journalist war, sagte mir ein Wissenschaftler, damals Leiter eines gewissen Instituts:

»Wir wollen keine Panik verbreiten, aber es ist anzunehmen, dass es in den nächsten Jahren in Havanna zu Erdbeben kommt. Vielleicht wie in Santiago de Cuba, vielleicht stärker. Das lässt sich im Voraus nicht abschätzen.«

»Und weiß man schon, wann?«

»Das lässt sich nicht vorhersagen.«

»Warum ergreift man keine Vorsichtsmaßnahmen?«

»Weil es keine gibt. Und du darfst nichts darüber schreiben. Das ist streng vertraulich, Genosse.«

Mit der Zeit vergaß ich das Erdbeben, weil ich tagtäglich derartige Informationen bekam: »Das ist nur für deine Ohren bestimmt, Genosse, du darfst nichts davon veröffentlichen.« Ich entwickelte eine besondere Fähigkeit, meinen Geist und mein Gewissen nicht mit zahllosen im Hirnkästchen verwahrten Geheimnissen zu belasten. Nun holte das Klirren der Gläser dieses Thema aus meinem Unterbewusstsein. Ich machte den Mund nicht auf. Julia war genervt wegen der miesen Nacht und des lausigen Jobs im Laden. Warum sollte ich ihr noch mehr Anlass zum Ärger geben? Aber dann brach ein pervers-sadistischer Blitzstrahl in mir durch, und ich rief sie in die Küche. Ich machte sie auf das Gläserklirren aufmerksam.

»Ach! Und woher kommt das?«

»Könnte ein kleines Erdbeben sein.«

»Verarsch mich nicht, Mensch! Das hätte uns gerade noch gefehlt. Jag mir keine Angst ein.«

»Ach, Julia, ist doch egal. Wenn wir dran sind, sterben wir … weil uns die Decke auf den Kopf fällt, hahaha.«

»Red keinen solchen Schwachsinn! Warum bist du nur so brutal?!«

»Wenn wir einen funktionierenden Seismografen hätten, würde der das Beben sicher anzeigen.«

Julia ist still und trinkt ihren Kaffee. Sie zieht sich hastig an. Schließlich ringt sie sich doch zu der Frage durch:

»Stimmt das mit dem Erdbeben, oder war das ein Witz von dir?«

»Es stimmt, aber vergiss es.«

»Wenn wir wenigstens in eine Wohnung im Erdgeschoss ziehen könnten.«

»Wenn es ein Erdbeben gibt, ist das erste, was in Havanna einstürzt, diese Dachterrasse.«

»O wie schrecklich! Sag so was nicht. Du bist ein Ungeheuer!«

»Ich bin praktisch veranlagt und realistisch, wie ein Tiger.«

»Die Terrasse stürzt nicht ein. Wir werden hier noch alt. Dieses Haus und dieser Dreck sind für immer und ewig.«

»Nichts ist für immer und ewig, Julia. Du nicht und ich nicht. Vielleicht stirbst du heute Nachmittag an einem Herzinfarkt.«

»Nein, umgekehrt. Vielleicht stirbst du und ich bringe dich morgen zur Einäscherung und werfe die Asche auf den Müll.«

»Bravo. Wenigstens hörst du auf mich. Verbrennen sollen sie mich. Und die Asche auf den Müll.«

»Du bist ein Unglücksrabe.«

»Ein Tiger! Einsam im Dschungel.«

»Dumm und brutal. Das bist du.«

So geht das die ganze Zeit. Anspannung und Spott zwanzig Stunden am Tag. Die übrigen vier sind zum Schlafen. Kaum ist Julia weg, packe ich einen kleinen Rucksack und breche auf zum Strand. Ich mache einen langen Spaziergang bis zum Bahnhof. Auf der einen Seite, einem kleinen Park gegenüber, fahren die Busse nach Guanabo ab. Auf der anderen Seite hängt an der Ecke ein Plakat in einem vergitterten Fenster. Es ist ein Rechteck aus Plastik, und die Buchstaben sind klein und rot:

> Leiden Sie an Angst, Depressionen,
> Beklemmung, Einsamkeit?
>
> DIE ANONYMEN ALKOHOLIKER
> helfen Ihnen weiter
>
> Erneuerungsgruppe
> Montag, Mittwoch, Freitag 19 Uhr
> Sonntag 11 Uhr
>
> Sie sind jederzeit willkommen

Die Räumlichkeiten sind winzig. Vielleicht erreichen die hier 0,5 Prozent der Saufköpfe im Viertel. Angst, Depressionen, Beklemmung, Einsamkeit. Ein Bus fährt vor, und wir steigen ein, acht oder zehn Leute. Es ist früh. Es sind wenig Menschen unterwegs. Mir gegenüber nehmen zwei junge Schwarze Platz, prächtige, dralle Weiber mit großen Titten und prallen Ärschen. Verdammt, sind die scharf! Sie kleiden sich wie Zwillinge: blaue Bodies aus glitzerndem Lycra, hauteng und mit tiefem Ausschnitt, der einen Gutteil ihrer saftigen Titten sehen lässt. Herrlich! Die beste Landschaft der Welt. Sie ziehen schon frühmorgens los, um sich ein paar Touristen zu angeln. Ein paar gut betuchte *yumas*. Vierundzwanzig-Stunden-Service. Neben ihnen nimmt eine Weiße Platz. Na ja, was man so weiß nennt. Heutzutage ist ja nicht mehr so klar, wer weiß oder schwarz oder sonst was ist. Ich meine, eine blasse, hellhäutige Frau. Mit zwei Söhnen um die vier oder fünf. Allesamt vor Schmutz starrend, mit zerlumpten Klamotten. Die Armut zerfrisst ihnen die Eingeweide und quillt ihnen aus den Poren raus. Die Frau setzt sich hin, und die Jungs klettern allein auf die Bank. Jeder setzt sich auf eine Seite. Die Frau ist wie abwesend. Die Jungs das genaue Gegenteil. Über die Maßen unruhig und nervös. Sie schreit sie an:

»Das reicht jetzt! Hört endlich auf zu nerven, verdammte Scheiße!«

Sie beachten sie überhaupt nicht. Wie es aussieht, haben sie seit Tagen nicht geduscht, sie sind wirklich ziemlich verdreckt. Eine von den drallen Schwarzen stellt ihre Tasche auf den Sitz, um zu verhindern, dass die beiden ihr zu nahe rücken. Am Ende haben sie noch Flöhe. Die vor Schmutz starrende Frau hat die Handgelenke verbunden. Manchmal zupft sie an dem Verband und besieht sich die Wunden, auf der Innenseite. Der Mull und das Pflaster sind dreckverschmiert. Anscheinend hat man sie vor Tagen versorgt, und sie hat den Verband nicht gewechselt. Während der Fahrt wiederholt sie die Geste mehrmals. Sie sieht sich abwechselnd die eine und die andere Wunde an. Ganz verstohlen. Ich trage eine Kappe und eine dunkle Brille. Ich beobachte sie und die zwei schönen Schwarzen. Der Bus muss am Hafen entlang und dann an Regla und Guanabacoa vorbei zur Vía Blanca. Er hält ständig an, um Fahrgäste aufzunehmen. Es ist eine lange, beschwerliche Fahrt. Fast eine Stunde, in der ich die Selbstmörderin und die Touristen-Anglerinnen betrachte. Die Jungs sind eingeschlafen, aber ohne sich bei der Mutter anzulehnen. Jeder auf seiner Seite, haben sie sich wie Föten eingerollt und die Welt vergessen. Einen Augenblick lang ist mir, als könnte ich sie im Gefängnis sehen, wenn sie erwachsen sind. Der perfekte Bürger für ein dauerhaftes Knastleben: Ich bin niemand, ich habe nichts, ich komme von nirgendwoher, keiner wartet auf mich, ich bin das Nichts, nur ein wenig Gas, das sich verflüchtigt.

Am Strand steigen die Leute aus dem Bus. Es ist ein Dorf aus etwa zwanzig Häuserblocks, parallel zum Meer gebaut. Die Selbstmörderin mit ihren Kindern bleibt bis zur Endhaltestelle gegenüber der Eisdiele sitzen. Ich steige ebenfalls dort aus. Ich hatte den Impuls, die drei zu einem Eis einzuladen. Aber ich nehme mich zusammen. Ich will mir nicht die ganze Litanei ihrer Probleme anhören. Ich will nur einige ruhige Stunden verbringen und alles vergessen. Taub, blind und stumm.

Am Strand waren wenige Leute. Im Meer, hüfttief im Wasser, suchten zehn, zwölf Typen nach Goldschmuck. Die Badenden verlieren Ketten, Ringe, Armreife. Die Strömungen spülen sie über den Grund. Es gibt einen Strandabschnitt mit großen Felsen. Den suchten die Typen mit Tauchermasken und Schnorcheln ab. Ich beobachtete sie eine ganze Weile. Ich hatte mir eine Kokospalme mit breitem Schatten gesichert. Die Selbstmörderin und die Kinder hielten sich in der Nähe auf. In der prallen Sonne. Sie suchten keinen Schatten. Die Jungs spielten im Wasser. Sie entfernten sich gefährlich weit vom Ufer. Die Frau beachtete sie nicht. Sie war immer noch abwesend und warf alle paar Minuten einen Blick auf ihre Wunden.

Ich wollte nicht noch mehr sehen. Ich nahm meinen Rucksack und ging weiter am Strand entlang, die Füße im Wasser. Es war sehr angenehm, und ich hatte kein Ziel und keine Termine. Ich wollte nur gehen und mich entfernen.

Herz aus Stein

Mit Julia und mir ging es dem Ende entgegen. Es gab jeden Tag Streit und Alkohol. Von beidem reichlich. Unsere Wohnung glich einem kleinen Irrenhaus, bewohnt von zwei Verrückten. Es war schrecklich, unerträglich, höllisch, und vor allem war es absurd.

Wir hatten kurze Stunden der Versöhnung. Manchmal einen ganzen Tag. Wir vögelten ein bisschen. Ich nagelte sie bis auf den Grund, und sie schrie hemmungslos. Sie kam viele Male und forderte mich auf, sie hart zu schlagen. Ins Gesicht, auf die Arschbacken. Ich hatte einen aus Leder geflochtenen Gürtel und gab ihr sanfte Schläge. Sie sagte:

»Schlag mich fester, du Tunte, du verdammter Wichser, schlag mich so, dass es mir wehtut, dass ich blute, und steck ihn mir hinten rein!«

Sie drehte sich auf den Bauch und öffnete ihre Arschbacken.

»Steck ihn mir hinten rein und schlag mich richtig, bis Blut spritzt!«

Gelegentlich bin ich ein brillanter Sadist. Ich habe ganz spezielle Techniken. Manchmal hatte ich am Ende einen Orgasmus. Andere Male hielt ich ihn zurück. Ich wollte mich nicht verausgaben. Außerdem war es mir egal.

Ich fühlte in mir eine abstoßende Mischung aus Gewalttätigkeit, Aggressivität, Lüsternheit, Sadismus, Verlangen nach Alkohol. Aber ich fühlte auch, dass mein Herz härter wurde. Jeden Tag, immer mehr. Das war, was ich haben wollte: ein Herz aus Stein. Wenn ich wieder mürbe wurde, würde ich keinen sauberen Schnitt machen können. Ich musste alles Verdorbene abschneiden. Desinfektionsmittel auftragen. Die Stellen vernarben lassen. Und weitermachen. Am besten mit einem Lächeln auf den Lippen. Ohne Bitterkeit wegen der Dinge, die abgestorben waren, die ich abgeschnitten und den Hunden zum Fraß vorgeworfen hatte.

Die Lüsternheit und der Alkohol hatten vieles in mir ausgehöhlt und allzu tiefe Spuren hinterlassen. Meine besten Erinnerungen waren nackte Frauen im Bett. Und Sex. Viel Sex. Zügellosigkeit pur. Ich musste meine Energie auf etwas Dauerhafteres konzentrieren. Das war eine Frage von Leben und Tod.

Ein anderes Problem von mir war, dass ich mittlerweile alles in Literatur verwandeln konnte: den größten Schmerz, das tote Fleisch, die schäbige, dunkle Seite des Lebens. Alles blieb auf der Strecke. Nichts war von Dauer. Alles verbrannte, als wäre rings um mich nichts als verdorrtes Laub.

Mir ging durch den Sinn, dass die Lösung erst kommen würde, wenn sich mein Sexualtrieb mit dem Alter auflöste. Dann würde ich das blinde Begehren ausschalten und mich irgendwohin zurückziehen können, auf ein Feld, mit zwei oder drei Kühen. Sie bei Tagesanbruch melken und einen Gemüsegarten pflegen. Nur das. Dasselbe, was ich auf dem Hof meiner Großmutter getan hatte, als ich ein Kind war.

Ich erinnere mich sehr gut an die Einzelheiten jener Jahre, in den Fünfzigern, bevor das Chaos und die Diaspora anfingen. Es gab Stille, Einsamkeit, Bäume, Vögel. Und wenig Besuch. Fast gar keinen. Es war eine sehr kleine Welt. Ein Umkreis von höchstens einem Kilometer. Das machte die Dinge einfacher. Jetzt ist alles schwindelerregend. Die Welt ist chaotisch und riesengroß. Unermesslich.

Mittags rief mich Mariana an, eine alte Freundin. Sie war in der Nähe und wollte vorbeikommen, um Hallo zu sagen. Sie war mit Óscar unterwegs, ihrem Freund. Ich sollte ihn kennenlernen. »Klar, kommt vorbei«, sagte ich. Eine Stunde später waren sie da. Wir hatten uns seit Jahren nicht gesehen. In den vergangenen dreißig Jahren hatten wir ein paar sporadische Abenteuer. Ich war ganz wild auf ihre schönen großen Möpse und ihre rosa Brustwarzen, bedeckt von langen schwarzen Haaren. Eine schlanke, vollbusige Frau, sympathisch, intelligent, leidenschaftlich und sehr einfallsreich beim Sex. Seit sechs oder sieben Jahren hatten wir uns nicht mehr gesehen. Und da taucht die mit ihrem Freund auf. Sie stellt uns vor. Der Typ sagt zu mir:

»Freut mich. Óscar. Computerexperte. Das ist mein Job und ich finde es super.«

Es klang falsch. Es überzeugte mich nicht. Nach zwei Minuten fragte er mich:

»Stehst du auf Rum?«

»Also, äh … ja, manchmal.«

»Na klasse! Ich geh 'ne Flasche kaufen. Bin gleich wieder da.«

Als wir allein waren, erging sich Mariana in heftigen Vorwürfen:

»Ich hasse es, wenn er säuft. Er hat viele Fehler, aber das ist der schlimmste.«

»Hahaha. Mensch, Marianita, und den findest du noch gut.«

»Es stimmt, dass er viele Fehler hat.«

»Was fehlt ihm denn? Hat er einen zu kurzen Schwanz?«

»Nee, ganz normal.«

»Steht er nicht drauf, sich vor deinen Augen einen runterzuholen? Ist er dir nicht pervers und sadistisch genug?«

»Nicht so wie du, hahaha.«

»Du bist immer noch ein geiles Flittchen. Stehst du noch auf schwarze Frauen? Ich werd nie den Dreier vergessen, als wir …«

»He, lass das! Dafür bin ich nicht hier.«

»Uff, ist ja gut, okay. Scheiße, ich hab schon wieder ganz schön einen stehen. Ich werd nie die knackarschige Schwarze vergessen, als du …«

»Ja, ja.«

Ich machte ein paar Schritte auf die Terrasse hinaus. Atmete. Entspannte mich. Relax, Baby, relax. Wir kamen auf unser Thema von vorher zurück.

»Na schön. Und was ist mit dir und Óscar?«

»Hab jetzt keinen Bock, darüber zu reden. Er muss gleich zurück sein.«

Wir redeten über irgendeinen Blödsinn. Nach zehn Minuten kam Óscar mit der Flasche wieder. Wir schenkten uns ein. Mariana wollte keinen Alkohol trinken. Sie nahm eine Cola. Auf dem Tisch lag ein Stück Karton mit einer Notiz. In der Nacht davor hatte ich, während ich mir einen Film ansah, Folgendes aufgeschrieben:

Weisheit
Gerechtigkeit
Stärke
Nüchternheit
Marc Aurel

Dem Film zufolge waren das die Grundsätze eines römischen Kaisers. Óscar sah den Zettel und war begeistert von diesen Prinzipien. Er zog einen Kugelschreiber aus der Tasche und schrieb sie sich ab. Ich sagte ein paar Worte dazu. Einfach so. Um das Gespräch in Gang zu bringen. Wären Marianita und ich allein gewesen, hätten wir den ganzen Nachmittag geredet. Und vielleicht mehr als das, in Erinnerungen schwelgend. Aber Óscar war ein Klotz am Bein. Was für eine Nervensäge! Ich weiß nicht, wie das Gespräch auf Selbstmord kam. Der Typ kippte den Rum nur so runter und war schon ein bisschen betrunken. Er sagte zu mir:

»Es gibt drei perfekte Arten, sich umzubringen. Die anderen sind zu schmerzhaft.«

»Und welche?«

»Das Beste ist, sich eine Kugel durch den Gaumen zu jagen. Der perfekte Selbstmord. Dem, der sich das ausgedacht hat, sollte man ein Denkmal aufstellen. Zweitens: fünfzig Tabletten Diazepam und dann auf einen einsamen Berg wandern, bis man umfällt. Die dritte Option ist ein Strick, aber dann hast du zwei, drei Minuten Todesqualen und strampelst wie ein Schwein. Manche bepissen sich und scheißen sich in die Hose. Andere kriegen 'nen Ständer, während sie verrecken. Strick finde ich nicht so super.«

»Du hast ja an alles gedacht.«

»Ja.«

Wir blieben eine Weile still sitzen. Marianita fragte mich nach meinen Kindern. Ich zeigte ihr einige Fotos. Wir tranken weiter. Óscar interessierte sich nicht für die Fotos. Er ging auf die Dachterrasse und vor zur Brüstung. Er sah auf die Straße hinunter und machte dann erschrocken einen Satz rückwärts.

»Hast du keine Angst, so hoch oben zu wohnen?«, fragte er mich.

»Sind doch bloß acht Stockwerke.«

»Wenn hier einer runterspringt ... Hast du manchmal Lust runterzuspringen? Ist schon verlockend, oder?«

»Nein. Der Gedanke ist mir noch nie gekommen.«

»Ahhh.«

Für einen Augenblick sagte keiner was. Um das Schweigen nicht zu lang werden zu lassen, erzählte ich ihm:

»Vor einigen Monaten sind ein paar Maurer abgestürzt, die die Mauer verputzen sollten. Und sie haben's überlebt.«

»Wo sind die runtergefallen?«

Ich zeigte ihm die Stelle. Sie waren aufs Flachdach eines angrenzenden dreistöckigen Hauses gefallen.

»Ach, das waren ja bloß fünf Stockwerke. Wenn sie auf dem Pflaster gelandet wären ...«

»Muss nicht sein. Sie haben sich ein paar Knochenbrüche zugezogen und ...«

»Kommt immer drauf an, wie du fällst. Wenn du mit dem Kopf voraus springst, um schön mit dem Schädel aufzuschlagen, dann brauchst du nichts mehr.«

»Óscar, bitte!«, rief Marianita ärgerlich.

Wir lachten, um die Anspannung aufzulösen. Wir tranken weiter. Ich suchte nach anderen Gesprächsthemen. Aber mir fiel nichts ein. Ah, doch, die Sache mit seinen Computern kam mir in den Sinn:

»Und was machst du so, Óscar? Bist du Programmierer?«

»Nein. Heutzutage sind die Programme zu kompliziert und … nein. Ich sitze an einem Rechner … äh … ich verwalte das Inventar von einem Lager. In einer Shopping Mall.«

»Aha …«

Schweigen. Wir tranken weiter. Wir redeten über die Aussicht, die Hitze, den Anstieg der Lebenshaltungskosten.

Óscar sagte: »Für mich ist das hart. Ich wohne mit meinen Eltern zusammen. Mit beiden. Mein Lohn reicht nicht mal für vier Tage. Die anderen sechsundzwanzig Tage im Monat muss ich improvisieren.«

Ich verteilte den übrigen Rum aus der Flasche. Ich sagte, ich würde noch mehr holen gehen. Marianita hielt mich zurück:

»Nein, nein. Wir gehen gleich.«

»Jetzt schon?«

»Ja. Ihr habt schon genug getrunken.«

»Na gut …«

Ich hätte gern noch weitergetrunken. Óscar machte den Mund nicht auf. Wir blieben wieder schweigend sitzen. Es war ziemlich öde. Marianita ergriff die Initiative und organisierte den Rückzug. Als sie schon an der Tür standen, bat Óscar, die Toilette benutzen zu dürfen. Aber sicher doch. Er ging hinein. Es dauerte eine ganze Weile, und als er zurückkam, war er begeistert. Er nötigte Mariana, mit ihm reinzugehen und sich den Kalender mit den nackten Frauen anzusehen. Den habe ich an der Badezimmertür hängen. Auf der Innenseite. Ein kanadischer Pornograf hat ihn mir Anfang des Jahres als Geschenk mitgebracht. Das Klo schien mir der passende Ort dafür. Óscar lachte immer wieder auf und sagte zufrieden:

»So was hab ich seit Jahren nicht gesehen. Wo hast du den nur her? Mensch! Du bist vielleicht abgefahren!«

Er war hin und weg von diesen Frauen auf Papier. Pornografie ist seit über vierzig Jahren verboten. Muss was sehr Unmoralisches sein. Aber ich finde es großartig. Er sah den Kalender mehrmals durch, bis ihm Mariana verärgert oder peinlich berührt dazwischenfuhr.

»Jetzt sei nicht kindisch, Óscar. Lass uns endlich gehen!«

Ich verabschiedete mich von ihnen und unterdrückte die Regung, die Treppe hinunterzulaufen und noch eine Flasche Rum zu holen. Als ich die Wohnungstür schloss, schoss mir ein Satz in den Kopf und wiederholte sich wie eine telepathische Mitteilung: »Deine dunkelsten und tiefsten Geheimnisse.« Ich sagte ihn mir mehrmals vor. Woher kam dieser Satz? Er hämmerte weiter in meinem Hirn, bis ich ein Notizbuch nahm und ihn aufschrieb: deine dunkelsten und tiefsten Geheimnisse. So, Ruhe. Ich las in ein paar Zeitschriften. Julia kam um sieben Uhr abends. Es war noch hell. Ich ging runter und holte eine Flasche Rum. Während wir tranken, erzählte ich ihr von dem Besuch. Es war sehr heiß und es gab eine Menge Mücken. Wir schwitzten. Wir aßen was Leichtes. Julia duschte und legte sich hin. Ich fand sie traurig, unausgeglichen, keine Ahnung. Sie lachte nicht über meine Geschichten von Marianita und Óscar. Ich legte mich hin, ohne geduscht zu haben. Ich war eine Kugel aus Schmutz und Schweiß, aber das war mir egal. Wir schliefen ganz schlecht, wie immer. Träume, Albträume. In der Nacht wachten wir mehrmals auf. Schließlich wurde es Tag. Und wir fingen von vorne an.

Come back from the night

Seit einer Stunde oder mehr wälzte ich mich schlaflos im Bett herum. Ich versuchte wieder einzuschlafen, aber ich konnte nicht. Julia schnarchte neben mir. Manchmal sagte sie etwas, das ich nicht verstand. Vielleicht träumte sie. Es war heiß und es gab Mücken und ich schwitzte. Ich stand auf. Ich sah aus dem Fenster. Man sieht nur einen kleinen Hinterhof mit drei Hundezwingern. Die Hauseigentümer bewohnen die oberen Stockwerke und vermieten in der Strandsaison das Erdgeschoss. Davon leben sie, und von der Aufzucht von Kampfhunden. Der Typ richtet sie zum Kämpfen ab. Er hat mich diese Woche zweimal eingeladen, aber ich will nicht noch mehr Gewalt und Aggressivität sehen. Mir reicht schon die, die mich umgibt. Und die, die wie ein Flammenwerfer aus meinem Innern hervorbricht. Vor allem nach einigen Schluck Rum.

Draußen weht eine Brise. Ich ziehe eine kurze Hose an und gehe vorsichtig hinaus, um Julia und die Hunde nicht aufzuwecken. Von der Haustür aus sieht man nur das uralte, verfallene Holzhaus der Nachbarin, die hohen Mauern der Ferienhäuser und die 24-Stunden-Cafeteria. Die drei Angestellten lehnen an den Tischen und dösen vor sich hin. Es ist keine Kundschaft da. Ich spaziere bis an die Straße, biege rechts ab und gehe die paar Meter hinunter an den Strand. Die Nacht ist dunkel, viele Sterne und eine leichte Brise, aber das Meer regt sich kaum. Etwa hundert Meter weiter knutscht ein Paar. Oder sie vögeln. Die beiden Gestalten heben sich schattenhaft vor den wenigen Lichtern ab. Ich gehe im seichten Wasser am Ufer entlang. Wenigstens sind hier keine Mücken. Ich spüre das lauwarme Wasser. Mir wäre es lieber, wenn es kalt wäre. Es ist gerade die Fangzeit für Hammel-Schnapper. Ich habe seit Jahren keine gefischt. Ich sollte mir eine Angel und etwas Zubehör kaufen und fischen, mit lebenden Sardinen als Köder, wie früher.

Der Spaziergang und die frische Luft machen mich endgültig wach. In der nächsten Straße werden einige Holzkisten von einem LKW abgeladen und in ein Haus getragen. Ich gehe nicht näher ran, verlangsame aber meinen Schritt, um besser hinsehen zu können. Das Haus steht etwa achtzig Meter vom Ufer weg und ist von Bäumen und einem hohen Zaun umgeben. Ich erinnere mich an die Kisten mit Maschinenpistolen, Raketen und Sprengstoff, die ich häufig verladen musste, als ich vor dreißig Jahren bei der Armee war. Der LKW ist geschlossen und hat keine Nummernschilder. Es sind sechs Typen, und sie arbeiten wortlos, aber zügig, wie ein eingespieltes Team. Als wären sie Soldaten in Zivilkleidung. Die Kisten haben Metallgriffe, und die Kanten sind mit Beschlägen geschützt. Ja. Das müssen Waffen sein. Es ist besser, wenn sie mich nicht sehen. Ich entferne mich noch weiter und setze mich auf einen Felsen, der am Ufer aufragt, die Füße im Wasser. Ich denke wieder ans Fischen. Heute Nacht würden auf hoher See die Schnapper anbeißen.

Ich gehe ohne Eile am Ufer entlang und pfeife. *The Ghost of Tom Joad.* Ich würde jetzt gern diese Musik hören, mit Bruce Springsteens rauer Stimme. Ich pfeife leise. Diese Lieder haben sich mir in die Knochen gegraben, im Winter '98 in Madrid. Meine einzige Gesellschaft außer der Ungewissheit und der Unrast war damals diese Platte, dazu eine Flasche VAT 69 und – manchmal – Teresa. Aber Teresa erholte sich gerade von einer unglücklichen Liebe und mied mich naheliegenderweise. Sie sagte, ich sei wie ein Krake, und man tue gut daran, mich auf Distanz zu halten. Ich habe ihr weit mehr als zwanzig Liebesgedichte und ein erotisches Lied geschrieben. Doch auch damit konnte ich Teresas Herz nicht erweichen. Eine echte Madriderin lässt sich niemals von einem aus Havanna den Kopf verdrehen. Ein Hund frisst keinen Hund. Sie ließ mich mit meinen Erektionen allein und verschwand seelenruhig, mit einem spöttischen Lächeln, das mich an die aufreizenden Flittchen in Zentral-Havanna erinnerte. Sooft das passierte, suchte ich die leicht melancholische Gesellschaft des Whisky und des »Boss«. Es war der längste, traurigste und einsamste Winter der Welt. Und ich wusste nicht einmal, was mich hinterher erwartete. Oder ob ich noch etwas zu erwarten hatte. Seither begleitet mich in einsamen und traurigen Momenten der Geist von Tom Joad.

Ich sprang auf und stürzte mich ins Wasser. Es ist schlecht, so viel nachzudenken. Ich schwamm, streckte die Muskeln und rieb mir unter Wasser die Haut. Jetzt kam es mir viel kälter und belebender vor. Ich stieg aus dem Wasser und ging langsam am Ufer entlang. Ich wollte nicht nach Hause zurück, zu der Hitze und den Mücken und zu Julia, die schnarchte, als wäre nichts, als wäre alles bestens. Scheiße! Jedes Mal, wenn ich sie so schlafen sah, bekam ich Lust, ihr ein paar Schläge ins Genick zu verpassen. Nein. Ich wollte nicht zurück. Aber ich schlug ganz langsam den Weg in Richtung nach Hause ein.

Ein Auto kam angefahren. Es hielt am anderen Ende der Straße, wo der Asphalt aufhört und der Sand anfängt. Ein dünner, sehr hellhäutiger Typ stieg aus. Er sah aus wie ein Ausländer. Und eine große, schöne Mulattin in einem langen roten Kleid, das ihre Schultern und ihren vollkommenen Rücken sehen ließ. Sie liefen an mir vorbei, aber sie sahen mich nicht an. Dazu waren sie zu sehr aufeinander konzentriert. Sie küssten sich mit vollem Zungeneinsatz. Sie streichelten sich und wirkten ein wenig betrunken. Oder vielleicht ein wenig high, auf Koks. Die Mulattin war wunderschön. Ich sah mich um. Sie gingen ins Wasser, ohne die Kleidung abzulegen. Das rote Kleid trieb an der Oberfläche und sah aus wie eine seltsame, riesige Blume. »Der Typ müsste man sein«, dachte ich. Vielleicht wusste er nicht mal, wie man im Wasser vögelt. Na ja, die Mulattin würde es ihm schon beibringen. Da merkte ich, dass es allmählich hell wurde. Man konnte schon ziemlich viel sehen. Sie umarmten sich noch immer unter Wasser und küssten sich. Und das rote Kleid glänzte, während es dahintrieb, und die Mulattin fing an zu singen und zu tanzen. Sie waren glücklich. Einfach zu schön. Ich ging. Ich konnte nicht dort bleiben und diesen Moment mit meinem idiotischen Voyeurismus zerstören.

Ich kam nach Hause und setzte mich in den Eingangsbereich, auf einen sehr unbequemen Metallstuhl. Es gab keinen anderen. Ich vertrieb mir die Zeit damit, das alte Holzhaus zu betrachten. Da stand es, mit Schlagseite nach links, ohne Farbe, weitgehend verrottet und aufs Geratewohl geflickt, umgeben von Unkraut und einem kaputten Zaun. Über der Tür sah man noch eine geschliffene Glasscheibe mit dem Baujahr: 1925. Die Moderne drückte dem Haus langsam die Luft ab: die gepflegten Ferienhäuser, die 24-Stunden-Cafeteria, die Kartentelefone. Mir schien, dass wenig fehlte, damit es endgültig einknickte, in Stücke brach und unterging. Drinnen überlebte mit Mühe und Not eine Alte, ebenso dreckig und verfallen wie das Haus selbst. Ich hielt es auf dem Stuhl nicht mehr aus. Er war die reinste Streckbank. Ich ging hoch in die Küche. Machte Kaffee. Warf einen Blick ins Zimmer. Julia schnarchte noch immer. Jetzt noch lauter als vorher. Ich trank den ganzen Kaffee und setzte mich wieder in den Eingang, auf den Boden, an eine Säule gelehnt.

Auf einer Ameisenstraße den Bordstein entlang herrschte ein ständiges Kommen und Gehen. Ich folgte den Ameisen in beide Richtungen. An dem einen Ende verschwanden sie in einer Ritze im Zement. Am anderen Ende krochen sie in schwarze Beete, auf denen Rizinus und Betelpalmen standen. Ich verbrachte eine gute Weile damit, zuzusehen, wie die Ameisen stückchenweise Nahrungsmittel transportierten, immer in dieselbe Richtung: zu den Beeten hin. Dann kamen sie unbeladen und eilig wieder und verschwanden in der Ritze im Beton.

Ich wurde der Sache überdrüssig und ging wieder an den Strand. Es war schon Tag. Ein Mann kam mit einem Eimer und einem Fangnetz aus Capronfasern an. Er sah aufmerksam aufs Wasser hinaus, das ganz sauber und durchsichtig war. Auf meiner Höhe blieb er stehen und warf rasch das Netz aus. Er wartete, bis das Blei gesunken war und die Falle zuschnappte. Dann holte er das Netz ein, voller Sardinen, die in der Sonne glitzerten. Er schüttelte es und sie fielen zuckend in den Sand. Ich half ihm, sie aufzusammeln. Es waren viele. Mehr als einhundert Sardinen in einem einzigen Fang.

Ich ging zurück nach Hause. Vom Schlafmangel fühlte sich mein Kopf ganz schwer an. Ich ging in die Küche, um noch mal Kaffee zu kochen. Julia stand auf, schlurfte, noch im Halbschlaf, mit ihren Schlappen herein und sah mich.

»Machst du schon Kaffee?«

»Ja.«

»Wie spät ist es?«

»Keine Ahnung. Bin grad aufgestanden.«

Ein stinknormales Männchen

Ich mag das Lesbenhäuschen. Es ist klein, zweistöckig, mit Wänden, die der Salpeter und der Wind bis auf den Ziegel herunter zerfressen haben. Es hat nur ein schmales Türchen, das direkt auf den Strand hinausgeht. Davor stehen ein paar Kokospalmen, und vierzig Meter weiter ist schon das Ufer. Auf der einen Seite die Überreste eines herrschaftlichen Hauses, das vor Jahren eingestürzt ist und verlassen wurde. Mit der Zeit hat es sich in eine imposante, stinkende Müllkippe verwandelt. Auf der anderen Seite ein unkrautbewachsenes Stück Garten. Dort parken sie ihren alten, abgehalfterten 55er Chevy. Der Wagen ist eine Schrottlaube, aber sie haben ihm einen Dieselmotor eingebaut, reparieren ihn unablässig und nötigen ihn, noch etwas weiterzulaufen. Sie lassen ihn nicht sterben.

Es ist ein seltsamer Ort. Tagsüber sieht man wenig Leute. Die Touristen kommen nicht hierher. Es ist der verfallene Teil des Strandes. Nachts ist es ein sehr einsamer Ort. Dann gefällt es mir dort viel besser als am Tag. Mit Einbruch der Dunkelheit legt sich über alles eine Atmosphäre von Vernachlässigung, Verlassenheit und Leere. Nur ein leichter Wind weht und bringt einen Geruch nach Jod und Salz und das andauernde Rauschen der Wellen am Ufer. In regelmäßigen Abständen fliegen riesige Flugzeuge vorbei, aus Europa oder auf dem Weg dorthin. Sie fliegen sehr tief, und man hört das dumpfe Dröhnen der Turbinen.

Die Lesben werkeln jeden Tag an ihrem Chevy herum. Sie können gar nicht mehr anders. Heute versuchen sie, die Bremstrommeln zu reparieren. Die Anführerin der Gruppe ist eine Ausländerin. Eine Frau zwischen vierzig und fünfzig, ziemlich kaputt. Sie sieht aus wie eine Hexe. Kleingewachsen, dürr und schwächlich.

Am Spätnachmittag ging ich hinüber, um mich mit ihnen über alte Autos zu unterhalten. Auf die stehe ich auch. Mein Vater hat zeitweise damit gehandelt. Ich kannte sämtliche Details über diese amerikanischen Karossen und verstand mich hervorragend auf Reparaturen. Die Ausländerin musterte mich abschätzig und machte sich wieder an dem Chevy zu schaffen. Es war irgendetwas mit der Benzinpumpe. Die anderen kümmerten sich um die Bremsen. Ich unterhielt mich mit den kubanischen Lesben. Sie sind zu viert, sehr korrekt, sehr männlich. Man könnte sie für Armeegeneräle halten. Sie haben einen derben, völlig maskulinen Charakter. Sie haben ihre Männlichkeit zur Vollkommenheit geschliffen, bis keine Unebenheiten mehr übrig waren. Keinerlei Schwäche. Das gefällt mir. Ich schätze diese Konsequenz an ihnen. Irgendwie kam heraus, dass ich Journalist bin. Die Ausländerin sah mich an und lächelte entspannt.

»Dann sind wir Kollegen.«

Sie schüttelte mir die Hand und stellte sich vor:

»Helga. Ich bin aus den Alpen.«

»Von wo dort?«

Sie nannte den Namen eines Dorfes.

»Ach ja. Ein wunderschöner Ort.«

»Du kennst ihn?«

»Ich hab Freunde dort. Ich war ein paar Mal über Weihnachten in den Alpen.«

Ein Strahlen trat auf ihr Gesicht:

»Zum Skifahren?«

»Nein. Ich habe Angst vor dem Skifahren. Ich bin ein Mann des Meeres. Schwimmen, das ist mein Ding.«

»Ich gehe oft Ski fahren. Ich fahre nur noch deswegen hin. Meine Familie wohnt dort, aber ich lebe in der weiten Welt. Überall auf der Welt, und das reicht mir noch nicht. Es ist nicht genug.«

So kamen wir auf alle möglichen Themen zu sprechen. Wir redeten über Journalismus, Literatur, den Bergkäse aus den Alpen, die dortige Nazivergangenheit, über Ideologien, über die klassische Sozialdemokratie und wie sie immer weiter heruntergekommen ist, bis sie heute derselbe Mist ist wie alles andere. Gott und die Welt. Ich hatte einen Flachmann mit Rum dabei und bot ihr welchen an.

»Nein, danke. Alkohol macht mich verschlossen. Ich mag Sachen, die meine Wahrnehmung erweitern.«

»Hier wird viel getrunken.«

»Wie überall. Die Regierungen wollen das: verblödete Leute. Leute, die nicht denken. Alkohol, Fußball und Fernsehen. Komm, lass uns reingehen.«

Wir gingen ins Haus. Alles war ekelhaft und verfallen. Die Einrichtung beschränkte sich auf drei Stühle und einen Tisch, alles am Auseinanderfallen. Ein paar Matratzen auf dem Boden, mit fleckigen, verdreckten Laken. Es war wie im Schweinestall. Sie ging in die Küche. Drehte sich eine Zigarette. Haschisch. Sie fing an zu rauchen.

»Willst du auch mal?«

»Nein, Helga. Mir reicht der Rum.«

»Ich kann ohne das Zeug nicht leben. Wenn ich rauche, brauche ich kein Essen. Nur Wasser.«

Da wurde mir klar, warum sie wie eine Leiche aussah. Klein, dürr, ausgemergelt, mit kaputten, fleckigen Zähnen, der Blick matt, die Haut schmutzig. Zum Ekeln.

Sie rauchte ihren Joint zu Ende. Den letzten Zug hielt sie minutenlang in der Lunge. Einen Augenblick lang dachte ich, sie würde ersticken. Sie ließ den Rauch ganz langsam los, während sie sich vor mir auszog und in einen Bikini schlüpfte. Plötzlich fing sie an zu lachen. Sie kam herüber, nahm mein Gesicht zwischen die Hände und küsste mich auf den Mund. Ich presste die Lippen zusammen.

»Endlich treffe ich mal ein intelligentes Männchen, hahaha. Für einen Mann bist du intelligent.«

»Gehen wir zum Strand.«

»Hahaha. Ja, gehen wir. Keine Angst, ich falle schon nicht über dich her. Männer sind überflüssig.«

Wir gingen wieder hinaus zu ihren Freundinnen. Sie werkelten weiter unter den Kokospalmen vor sich hin. Zwei schraubten noch immer an der Benzinpumpe herum, die anderen beiden an den Bremstrommeln. Helga zog mich beiseite und raunte mir zu:

»In einer Woche hau ich ab. Die Welt taugt nichts. Nicht für mich. Man muss in Bewegung bleiben. Ich lebe gerne hier und in Brasilien. Und in Australien.«

»Australien?«

»Ja, eine unendliche Weite dort. Es gibt keine Grenzen. Ich kann Grenzen nicht aushalten.«

»Und warum haust du ab, wenn's dir hier so gut gefällt?«

»Ich hab kein Geld mehr. Ist mir alles geklaut worden. Das Geld, der Pass, das Flugticket. Alles. Vor zwei Tagen. Ihr Kubaner, ahh, ihr seid das Allerletzte. Die Armut macht euch wahnsinnig, sie bringt euch um den Verstand. Aber ihr gefallt mir, und wie.«

»Also was jetzt? Sind wir das Letzte oder gefallen wir dir?«

»Ihr seid das Letzte, aber ihr gefallt mir. Ihr hängt so an allem. Es ist zum Heulen. Ihr kapiert überhaupt nichts. Das Konsumdenken frisst euch auf. Aber … es ist noch keine Katastrophe. Wird bestimmt noch schlimmer werden.«

»Ahh …«

»Ich muss bald wiederkommen. Ich lasse mich initiieren.«

»Ach, fein. Haben sie schon das Ifá-Orakel für dich befragt?«

»Kennst du dich damit aus?«

»Ein bisschen.«

»Bei mir sind Oyá und Ogún rausgekommen.«

»Uff, was für eine Mischung! Verdammt heftig.«

Wir redeten ein bisschen weiter. Sie nahm nicht einen Schluck Rum an. Zwischendurch ging sie wieder ins Haus. Sie kam mit zwei Joints wieder. Es wurde dunkel. Eine herrliche, langsame Abenddämmerung in allen Tönen von orange, gelb, blau und grau. Sie wandte sich gebieterisch an ihre Freundinnen:

»Hört mit dem Zeug auf. Kommt her.«

Die Lesben legten das Werkzeug weg und folgten ihr ans

Ufer. Ich ebenfalls. Sie zündeten die Joints an. Rauchten schweigend. Mir kam es so vor, als würden sie mir nicht trauen. Am Grund meines Herzens erwachte der perverse kleine Teufel, und ich fing an mir zu wünschen, dass sie so richtig high würden und es einander an Ort und Stelle besorgten, dort im Sand. Und dass sie mich zusehen und mitmischen ließen.

Plötzlich streifte Helga das Oberteil ihres Bikinis ab. Sie hatte hässliche, runzlige kleine Titten und fleckige, vor Dreck starrende Haut, als würde sie nie duschen. Es war widerlich. Sie spazierte um uns herum. Sie stellte sich zur Schau, selbstzufrieden und provokant. Aber nicht weiblich. Herausfordernd.

Wenige Minuten, und sie hatte erreicht, was sie wollte: Mehrere junge Männer kamen rüber, um zuzuschauen. Ich weiß nicht, woher sie kamen. Der Strand hatte fast menschenleer ausgesehen. Es waren Schwarze und Mulatten. Sie lehnten sich an die Kokospalmen oder schlenderten hin und her. Zwei setzten sich in den Sand, in unsere Nähe. Sie rieben sich den Schwanz unter den Shorts. Das ist hier kein Touristenstrand. Eine Frau mit nackten Möpsen ist hier der reinste Striptease. Eine Supershow.

Helga sah triumphierend aus. Die anderen Lesben waren still geworden. Eine sagte:

»Helga, wenn die Polizei kommt …«

»Ahh, da hab ich aber Angst … Ein kleiner Macho-Bulle, zum Fürchten, hahaha.«

Und sie strich weiter um uns herum und stellte sich zur Schau. Irgendwann holten die Typen die Schwänze aus der Hose und fingen an, sich einen runterzuholen. Genau das wollte Helga. Ich stand auf, um zu gehen. Ich fühlte mich fehl am Platz.

»Also, ich geh dann. Wir sehen uns morgen. Viel Spaß noch.«

Helga kam zu mir: »Siehst du, wie primitiv die sind? Infantil. Sie sind überflüssig.«

Ich wollte mich nicht streiten. Helgas Blick war vom Haschisch benebelt. Ich antwortete ihr nicht. Sie fuhr fort:

»Un-er-träg-lich sind sie. Kleine Kinder. Die Männer werden nie erwachsen.«

Sie hob ihre kleinen Titten mit beiden Händen hoch, schüttelte sie und hielt sie mir hin:

»Guck, wie hässlich. Ich habe hässliche Titten. Ich weiß. Aber ich bin ein Spielzeug für die Schwarzen da. Sie sind primitiv.«

»Mag sein, aber dir gefallen sie.«

»Zum Spielen gefallen sie mir. Hier sind die Leute noch emotional. Draußen in der Welt gibt es keine Emotionen. Da ist alles nur Hirn. Hier bebt das Herz, die ganze Zeit.«

Ich wandte mich zum Gehen. Am Strand sind Polizisten. Überall sind Polizisten. Sie konnten jederzeit auftauchen und uns alle einlochen. Helga hielt mich am Arm fest.

»Geh nicht. Schau noch ein Weilchen zu. Oder hast du Angst?«

»Vor was? Ich hab keine Angst.«

»Dann wart noch ein wenig. Bist du nicht emotional? Mach's wie die Schwarzen da. Lass dein Geschlecht sehen.«

»Was ist eigentlich los mit dir, Helga? Lass mich in Ruhe.«

»Ach, stimmt, du bist ja was Besseres. Das intelligente Männchen. Keine Emotionen, das intelligente Männchen.«

»Lass mich in Ruhe. Du verstehst überhaupt nichts.«

»Ich verstehe alles. Du bist intelligent. Du stehst auf schwarze Frauen. Genau wie ich. Ich stehe auf schwarze Frauen und schwarze Männer. Auf mich stehst du nicht, Männchen. Männ-chen!«

Jetzt schrie sie fast schon. Zum Glück redete sie ein Mischmasch aus Spanisch und brasilianischem Portugiesisch. Ich glaube, die Lesben verstanden kein Wort. Sie wollte meinen Arm nicht loslassen und wurde aggressiv.

»Du bist ein stinknormales Männchen, und dabei hältst du dich für intelligent. Männer sind überflüssig.«

Ich riss mich von ihr los. Die anderen Lesben standen auf und umringten mich. In Kampfpose. Sie dachten, ich wolle Helga schlagen. Ich machte ein paar Schritte zur Seite. Helga zog das Bikinihöschen aus und war jetzt nackt. Es war noch dunkler geworden. Vier Jungs kamen von den Kokospalmen herüber und zogen die Badehosen runter, um ihre steifen Schwänze zu zeigen. Sie masturbierten sanft. Helga glich einer ausgetrockneten Mumie, aber sie hatte einen großen schwarzen Busch über der Möse. Das war das einzig Attraktive an ihr. Ich drehte mich um und ging. Helga rief mir hinterher:

»Geh nicht weg, intelligentes Männchen. Komm. Lass uns mit den Schwarzen Samba tanzen. Komm!«

Ich entfernte mich immer weiter, ging am Meeresufer entlang. Auf der Flucht. Mit der Abenddämmerung im Rücken. Eine komplizierte, abstoßende Frau. Aber sie hat Recht. Ich bin ein stinknormales Männchen. Und ich brauche ein stinknormales Weibchen.

Kein bisschen Liebe

Ich muss mich aufraffen und mein Leben ändern. Mich entfernen von der Tragik, der Perversion und Lüsternheit. Ich muss Ordnung schaffen. Wenigstens ein bisschen Ordnung und Gleichgewicht. Ich versuche es ein ums andere Mal, aber immer wieder scheitere ich, weil mir langweilig wird. Die Welt um mich herum ist erregend, und ich verfalle von neuem in Exzesse. Julia hat es nicht mehr ausgehalten und ist gegangen. Sie war zu gutherzig und hat das Feuer nicht ertragen. Jetzt will ich mir etwas Zeit nehmen. Ich muss begreifen, was los ist. Ein wenig innehalten und nachdenken.

An diesem Punkt stehe ich. Mit jeder Menge freier Zeit. Ich lebe allein. An manchen Nachmittagen treffe ich mich mit Miriam. Das hilft mir, die Tage herumzubringen. Sie kommt von Guanabacoa hierher. Zwei oder drei Mal die Woche entwischt sie ihrem Mann. Ich erwarte sie um ein Uhr mittags gegenüber dem Bestattungsunternehmen, an der Ecke Zanja und Belascoaín. Wir verabreden uns telefonisch, und sie bestellt mich immer dorthin, um dieselbe Zeit. Sie kommt an und sagt:

»Wart einen Moment. Ich gehe auf die Toilette.«

Und damit verschwindet sie in dem Bestattungsunternehmen. Fünfzehn oder zwanzig Minuten. Dann taucht sie wieder auf, und wir gehen die Belascoaín-Straße hinunter bis zu mir. Mehrmals habe ich sie gefragt, ob es sie anmacht, die Toilette des Bestattungsunternehmens zu benutzen. Sie weicht mir aus. Heute sagt sie endlich:

»Ich erzähl dir jetzt mal die Wahrheit.«

»Du hast noch einen Liebhaber, und der arbeitet in dem Bestattungsunternehmen?«

»Nein.«

»Was dann?«

»Ich geh da rein, um die Toten zu sehen.«

»Willst du mich verarschen?!«

»Nein. Erst seh ich mir auf der Tafel am Eingang die Namen an. Dann gehe ich sie mir anschauen. Einen nach dem anderen. Manchmal sind alle vier Kapellen besetzt. Ich sehe die Gesichter der Toten sehr gern. Wenn ich das nicht mache, habe ich das Gefühl, nachts nicht schlafen zu können.«

»Du bist nicht ganz dicht.«

»Lass mich erst mal ausreden. Das hier weiß niemand, aber ich habe großes Vertrauen zu dir. Wenn ich alle Toten in ihren Kisten gesehen habe, bekomme ich Lust zu pinkeln. Dann geh ich auf die Toilette. Und ich werd richtig heiß. Ich massiere mir die …«

»Die Klitoris?«

»Ja. Und die Schamlippen. Ich mach's mir beim Pinkeln, und dann leck ich mir die Hand ab.«

»Denkst du dabei an die Toten?«

»Nein. Ich glaub nicht. Keine Ahnung.«

»Und an was denkst du dann?«

»An gar nichts. Keine Ahnung. Ich bin erregt. Wenn ich aus der Toilette komme, schau ich sie mir noch mal an. Und dann geht's mir so richtig gut.«

»Machst du das schon immer so?«

»Seit vielen Jahren. Ich steh auf Bestattungsunternehmen.«

»Hmm …«

Ich bleibe stumm. Miriam wirkt nicht verrückt. Jedenfalls nicht mehr als ich. Was kann ich ihr sagen? Sie ist eine große, schöne Schwarze. Eine intelligente Frau. Sie hat einen Universitätsabschluss. Sie ist, seit sie achtzehn war, Sozialarbeiterin. Seit damals, sechsundzwanzig Jahre lang, sieht sie jeden Tag dem menschlichen Elend ins Gesicht. Wenn sie ein Buch über ihre beruflichen Erfahrungen schreiben wollte, käme etwas so Morbides raus, dass niemand es drucken würde. Was ihr wohl durch den Kopf geht, wenn sie die Leichen ansieht?

Während ich darüber nachdenke, ist sie bereits beim nächsten Thema.

»Heute Morgen war ich bei einem Patienten, der schon dreimal versucht hat, sich umzubringen.«

»Donnerwetter, Kleine, da hast du ja einen happigen Tag hinter dir!«

»Meine Tage sind alle so. Oder schlimmer. Der Patient macht mir Sorgen. Er ist Arzt, Spezialist für Lungenheilkunde. Aber er ist Alkoholiker. Seine Frau hat ihn verlassen, und er lebt allein mit seiner achtjährigen Tochter. Ich muss eine Internatsschule für das Mädchen finden. Und zwar schnell.«

»Kann er sich denn nicht um sie kümmern?«

»Der kann sie jederzeit umbringen und dann sich selbst. Das ist mir schon mal passiert, vor vier oder fünf Jahren. Ähnlicher Fall. Und es ist nur passiert, weil ich zu lange gebraucht habe … Das ist mir noch lange nachgegangen.«

»Aber man kann den Typen doch auf Kur schicken.«

»Er will nicht einsehen, dass er Alkoholiker ist. Und er ist ein hoffnungsloser Fall. Manchmal taucht er eine Woche lang nicht zur Arbeit auf.«

»Miriam, ja, also … Magst du ein Bier? Das kühlt dir auch ein bisschen den Kopf.«

»O ja, vielen Dank. Ich hab Durst. Seit seine Frau ihn verlassen hat, ist es noch schlimmer geworden. Er war schon immer alkoholabhängig und depressiv. Der Alkohol verstärkt das Problem. Und er sagt zu mir, dass er nicht länger mit der Kleinen zusammenleben kann. Wenn er nämlich trinkt, fängt er an zu weinen. Das greift dann auf das Mädchen über, und dann weinen sie beide und …«

So macht sie immer weiter. Unaufhaltsam. Wir gehen in ein Café. Sauber, mit Klimaanlage. Ich muss in Dollars zahlen, aber so vermeide ich die verdreckten Bars und die ekelhaften, besoffenen Penner von Belascoaín. Die haben fast alle TBC und überleben in den Hauseingängen. Es läuft Musik. Sehr laut. Man kann nicht richtig reden. Und Miriam muss reden. Sie klagt immer darüber, dass sie und ihr Mann zu wenig miteinander sprechen. Sie sind schon lange verheiratet. Seit fünfzehn Jahren zusammen. Sie leben in einem Holzhäuschen, dunkel und warm. Es ist kaum mehr als eine Bretterbude. In einem Vorort von Guanabacoa. Und ohne Aussichten, sich zu verbessern. Sie haben einen kleinen Hinterhof mit etwas Gemüse und züchten Hühner. Der

Typ ist Maurer. Oder Maurergehilfe, ich weiß nicht genau. Und was er verdient, das vertrinkt er. Um acht Uhr abends hat er nie auch nur einen Centavo in der Tasche. Er ist achtunddreißig. Sieht aus wie achtundvierzig. Miriam dagegen ist vierundvierzig, aber sie hat sich sehr gut gehalten und kann ohne weiteres behaupten, sie sei zehn Jahre jünger. Jetzt kotzt sie sich weiter bei mir aus, trotz der lauten Musik. Sie spricht mir ins Ohr.

»Ich halte es mit Luis nicht länger aus. Seit zwei Tagen kann er nicht zur Arbeit.«

»Wegen der Sauferei? Dann ist es ja wirklich schlimm.«

»Wollen wir gehen?«

»Stört dich die Musik?«

»Hier können wir nicht reden.«

Wir treten wieder hinaus in die erdrückend schwüle Hitze. Wir gehen die Belascoaín hinunter Richtung Malecón. Miriam gibt weiter die letzten Neuigkeiten über Luis zum Besten.

»Seit einer Woche lasse ich mich von ihm nicht anfassen. Mich ekelt's vor ihm.«

»Und ihr schlaft im selben Bett? Das glaubt dir doch keiner!«

»Er vergewaltigt mich, während ich schlafe. Dieser Wüstling. Er wacht aus seinem Suff auf und hat dann einen stehen wie ein Knüppel. Und den rammt er mir bis in den Hals. Der Vollidiot. Was ihm an Hirn fehlt, das hat er an Schwanz. Und er ist auch noch stolz drauf. Er glaubt, er hätte einen Schwanz aus Gold.«

»Dir gefällt es doch, dass er dich vergewaltigt, Miriam. Spiel hier nicht das Unschuldslamm.«

»Nein, wirklich, mich ekelt's vor ihm.«

»Kommst du?«

»Manchmal schon … ja, wenn ich ehrlich sein soll. Ich komme immer, aber …«

»Siehst du, es gefällt dir.«

»Aber er ist so wüst. Er hält mir den Mund zu und vergewaltigt mich wie ein Tier. Er hat so viel Kraft, er hält mich einfach fest. Ich bin doch kein Tier. Ich kann nicht mehr. Mir ist das zu brutal.«

Sie wendet sich ab und trocknet verstohlen ein paar Tränen auf ihrem Gesicht. Wir kennen uns seit sechsundzwanzig Jahren. Als sie ihre Stelle als Sozialarbeiterin antrat, war ich Journalist. Einmal gingen wir zusammen ein altes Ehepaar besuchen. Ich schrieb gerade an einer vor Lob triefenden Reportage über die soziale Absicherung, wie gut man sich um die einsamen Alten kümmern würde und all diesen Mist. Sie half mir dabei. Wir gefielen uns auf Anhieb, und seitdem sind wir befreundet. Und wir mischen der Freundschaft etwas Sex bei. Das bringt frischen Wind. Sex, Verlangen, Komplizenschaft. Alles ganz diskret. Jetzt versucht Miriam, von Luis wegzukommen, und ich von Julia. Aber wir sehen das ganz klar. Kein bisschen Liebe. Keine Versprechungen und Verpflichtungen. Wir wollen weitere Verwirrung vermeiden. Miriam sagt zu mir:

»Mit Luis war alles so verwirrend, und das hat mich in diese katastrophale Lage gebracht. Dieser Schwarze hat mich mit seiner Rute verrückt gemacht, und ich hab Sex und Leidenschaft mit Liebe verwechselt.«

Ich antworte nicht. Ich schätze, da war noch etwas mehr als Sex. Niemand hält es sonst fünfzehn Jahre lang aus.

»Ich bringe es nicht über mich, ihn zu verlassen.«

»Ja, das versteh ich.«

»Er ist ein Säufer. Das wäre so, als würde man ein kleines Kind verlassen.«

»Aber er kann sein Leben wieder in den Griff kriegen. Mit dem Trinken aufhören und sich eine andere suchen.«

»Das glaube ich nicht. Der Alkohol ist stärker als er. Und keine wird sich um einen nichtsnutzigen Säufer kümmern wollen, um einen Hungerleider, der keinen Centavo in der Tasche hat.«

»Ja, das stimmt.«

»Ich bin vom Leben enttäuscht. Und ich weiß nicht, was ich tun soll. Ich kann nicht mehr.«

»Findest du ihn ekelhaft?«

»Er tut mir leid. Er kapiert nicht, dass ich ihn verlassen werde. Ich bin kurz davor, meine Sachen zu packen und endlich zu gehen. Und dann ist er allein. Er ist so unglücklich, so ungehobelt, so dumm, dass er nichts voraussehen kann. Er sieht den Wirbelsturm erst, wenn er schon über ihm ist ... Seit einigen Tagen bin ich ganz deprimiert. Mir geht's richtig schlecht.«

Während sie diese Litanei ausspuckt, weint sie und wischt sich mit dem Handrücken die Tränen ab. Schließlich kommen wir bei mir an, in der Calle San Lázaro, verschwitzt und außer Atem vom Treppensteigen. Sie will duschen. Aber ich lasse sie nicht. Ihr Geruch nach wildem Tier erregt mich über die Maßen. Schwarze Frauen riechen anders. Viel köstlicher. Ich mache uns ein paar Drinks mit Rum und Cola. Ich lege Musik auf, Paquita la del Barrio. Vielleicht entspannt sie sich dann ein wenig. Sie zieht sich splitternackt aus, stellt sich vor den Ventilator und redet weiter über Luis' Sauforgien:

»Gestern Abend ist er gegen zwölf heimgekommen. Er hat sich in Kleidern und Schuhen aufs Bett geworfen und ist eingeschlafen, der Speichel lief ihm aus dem Mund … igitt, wie eklig. Es ist richtig widerlich … uff …«

Sie geht vor dem Ventilator auf und ab, um sich abzukühlen. Wenn sie noch eine Sekunde weiter über Luis redet, haue ich ihr eine runter. Ich werde langsam sauer. Ich bin ein Freund, ein Liebhaber, ihr Freund, was auch immer, aber allmählich geht mir das zu weit. Ich bin doch kein Scheiß-Psychologe. Während ich ruhig dasitze und zuhöre, sagt sie:

»Willst du dich nicht ausziehen?«

»Ich warte noch, dass du Guanabacoa Guanabacoa sein lässt und deinen Mann deinen Mann.«

»Ach, Süßer, entschuldige bitte! … Ich bin halt …«

»Ja, ich weiß. Du hast niemanden, mit dem du reden kannst.«

»Genau. Diese Sachen kann ich sonst mit keinem besprechen. Du bist mein ältester Freund.«

Sie umarmt mich, küsst mich, schiebt mir ihre Zunge bis in den Hals. Sie versucht zu lächeln und mal eine andere Platte aufzulegen.

»Schon gut, ich bin dein bester Freund, aber Vögeln muss auch sein. Tanzen und es krachen lassen, mit Pauken und Trompeten, wie beim Nationalorchester. Lass die Welt mal draußen.«

Wieder fließen ein paar Tränchen. Sie setzt sich aufs Bett. Ich lecke ihr die Tränen ab, fahre ihr mit der Zunge übers

Gesicht, küsse sie, lecke sie ab. Mein Schwanz wird hart. Ich gehe runter zur Muschi. Der leckerste Geruch auf der Welt. 1a-Qualität, echte Markenware. Von hier direkt in den Himmel. Ihre Möse ist ganz verschwitzt. Köstlich. Schließlich lassen wir uns gehen. Wird schon stimmen, dass sich alles anders ordnen lässt. Wir schweben dort oben, und alles Schlechte ist vergessen. Ich genieße es, wie sie es nicht mehr aushält und nach meinem Schwanz greift und ihre wunderschönen langen Beine aufmacht und ihn sich reinsteckt, stöhnend, mit offenem Mund, und schon nach einer Sekunde hat sie ihren ersten Orgasmus.

»Nimm meinen Saft, du Hurensohn, oh, ich bin verrückt nach dir, Schatz, ich bin verrückt nach dir ...«

So geht es eine Weile weiter. Ich halte mich zurück. Nach einiger Zeit ziehe ich ihn raus, und wir kühlen uns ein bisschen ab. Ich mache uns noch einen Rum-Cola-Drink und lege eine Scheibe von Mariah Carey auf. Ich habe sonst fast nur klassische Musik. Die muss ich allein hören. Ich gehe zurück ins Bett, und Miriam flüstert mir ins Ohr:

»Heute hab ich's wieder getan.«

»Was?«

»Im 195er. Der Bus war gerammelt voll. Im Gang hätte nicht eine Person mehr Platz gefunden. Und ich bin vor einem Typen stehen geblieben, der sah toll aus. Ein Weißer, groß, kräftig, in einem gelben Hemd ...«

»Und du hast ihm den Schwanz betatscht?«

»Nein, mein Guter. Ich habe ihm den Hintern gestreichelt, und sein Ding wurde hart wie ein Stock. Wir haben uns gegenseitig angeheizt, bis der Bus am Krankenhaus ankam. Und da ist er hinter mir ausgestiegen und hat mir Zoten hinterhergerufen. Ich musste ihm sagen, dass es reicht. Der ist richtig durchgedreht.«

»Ist er nicht schon im Bus gekommen?«

»Nein. Das hätte er gerne gehabt. Er hat mir gesagt, wir könnten uns doch ein Zimmer nehmen, er würde dies und jenes mit mir machen, ahh … Wahnsinn, wirklich Wahnsinn! Ich bin ganz feucht geworden, ja, und dann bin ich gekommen. Ich konnte spüren, wie es mir die Beine runterläuft bis zu den Knien, ahhh, ich werd schon geil, wenn ich bloß dran denke …«

»Was hat er dir gesagt?«

»Du geile Fotze, wenn ich ihn dir in deinen Knackarsch schiebe, wirst du brüllen wie eine Löwin, uff … ahhh, Baby, ja, gib's mir, gib's mir …«

Ich bin auch ziemlich high. Und wir legen wieder los. Ich nagle sie bis zum Bauchnabel, und wir treiben es wie die Blöden. Sie tickt völlig aus und macht mich ganz kirre. Ich halte aus, solange ich kann. Es ist unglaublich, wie sie einen Orgasmus nach dem anderen bekommt. Ich reibe die Perle an ihrem Kitzler und melke sie nach allen Regeln der Kunst. Sie kann sich nicht zurückhalten. Sie kommt wie eine Hündin alle zwei Minuten, schreiend und stöhnend. Woher hat sie nur den ganzen Saft? Ahhh, ich kann mich nicht mehr bremsen, und wir flippen total aus. Am Ende sind wir fix und fertig.

Ich gehe in die Küche und mixe noch zwei Gläser Rum mit Cola. Ich probiere es mal mit anderer Musik.

»Magst du Eric Satie hören?«

»Was soll das denn sein? Komm mir nicht mit deinem komischen Zeug!«

Ich lege eine Platte von Los Van Van auf. Ich gehe zurück ins Zimmer, und wir trinken. Sie bleibt im Bett liegen, den Blick zur Decke gerichtet, und lächelt in sich hinein.

»Was lachst du, Miriam?«

Sie denkt einen Augenblick nach. Schließlich antwortet sie.

»Irgendwann dieser Tage lege ich dir mal die Karten. Es gibt da ein paar Dinge, die du wissen solltest.«

»Seit wann legst du Karten?«

»Nur so, aus Inspiration. Ich verlange kein Geld dafür, und ich kann auch keine Fragen beantworten. Außerdem weiß fast niemand davon.«

»Du machst gern einen auf feine schwarze Lady.«

»Nein, das ist es nicht. Die Karten sind nur ein Vorwand. Ich sehe, wie die Dinge liegen, wenn ich mit bestimmten Menschen zusammen bin. In den Karten sehe ich nichts. Aber ich werde mich dieser Tage mal auf dich konzentrieren. Es gibt um dich herum lauter schöne Sachen, und bald werden die sich auch zeigen.«

»Schöne Sachen? Mensch, da bin ich aber erleichtert. Ich dachte, es ist alles nur Scheiße, Stress und Ärger.«

»Ganz im Gegenteil. Du wirst dich wundern.«

»Sag mir jetzt was.«

»Ohne Karten bin ich irgendwie blockiert. Aber keine Sorge. Wenn wir uns das nächste Mal sehen. In zwei, drei Tagen.«

Ich legte eine Platte von Frank Sinatra auf. Wir tranken eine gute Weile, ohne zu reden, und hörten zu. Bisschen arg sentimental. Am Ende sagte sie:

»In einem früheren Leben war ich Nonne, aber mit der

Seele einer Kabarett-Tänzerin, und ich hatte eine ganz lange Liebschaft mit dem Pfarrer der Gemeinde dort. Aber ohne dass wir uns angefasst hätten. Nur mit den Augen. Wir sahen uns in die Augen und redeten. Das war für uns Sex. Meine Schenkel wurden schon feucht, wenn ich nur seine Stimme hörte. Genau das wünsche ich mir: einen Mann, der redet, der mir vertraut und der mir zuhört, der alles verstehen kann. Ich möchte gern treu sein. Nur einen Mann haben. Ich weiß, diese Nonne ist immer noch in mir. Ich spüre das. Manchmal unterhalten wir uns.«

»Woher weißt du das alles, Miriam?«

»Weil es so gewesen ist.«

Sie leerte ihr Glas, zog sich an und ging. Sie musste vor sechs Uhr abends zu Hause sein.

Puppe

Es war ein Nachmittag Ende Oktober, bleiern, feucht und kühl. Vor dem Haus kamen mehrere Typen mit ihrem Angelgerät vorbei, und ich dachte: ›Ein Fischer muss den Moment nutzen.‹ Ich nahm meine Angel, brachte zwei Blinker an und ging den Hügel hinunter zum Strand. Abends zuvor war im Fernsehen ein Hurrikan gemeldet worden, der über die Karibik hinwegfegte, von Osten nach Nordosten und weiter auf den Atlantik hinaus. Das schlechte Wetter im Oktober ist sehr gut zum Fischen. Solche Wirbelstürme treiben die Fische zur Küste. Oder die Fische fliehen vor dem Sturm. Weiß nicht. Jedenfalls beißen sie in Ufernähe, und man muss dort sein.

Es herrschte eine starke Dünung und es gab Windböen. Vier Typen fischten zusammen. Je zwei Meter voneinander entfernt, an einem Strand von fünfzehn Kilometern Länge. Das geht mir total auf den Sack. Wenn sie bei einem anbeißen, kreuzen gleich zwei oder drei andere auf und hängen sich an den Glücklichen ran. Sie wissen nicht, dass das Glück dem gehört, der es findet, und nicht dem, der es sucht.

Ich lief ein gutes Stück weiter. Dann befestigte ich ein kleines Blei. Ich ging hüfttief ins Wasser und warf die Angelschnur aus. Grundseen haben eine gewaltige Kraft. Ich konnte mich kaum auf den Beinen halten. Ich ging noch etwas weiter hinein. Brusttief. Der Strand hat mindestens einhundert Meter weit sandigen Untergrund, vom Ufer bis dort, wo es tief wird. Das ist gut. Nach zwei Minuten biss eine mittelgroße Meeräsche an. Dann eine große Meeräsche. Dann noch eine mittelgroße. Ich spürte, wie mir das kalte Wasser die Muskeln verkrampfte. Dann biss etwas Größeres an, das mich in Bewegung brachte, und ich schaffte es, das Ding rauszuholen. Es war ein Wrackbarsch, etwa fünf Kilo schwer. Verdammt gut. Ich stieg aus dem Wasser. Ich wärmte mich ein wenig auf und ging wieder rein. Es war nun sehr dunkel, und die Dünung war, wie mir schien, noch stärker geworden. Ich stieg erneut aus dem Wasser und band den Eimer mit den Fischen an einer Kokospalme fest, damit die Wellen ihn nicht wegreißen konnten. Ich blieb noch eine halbe Stunde drin. In der Zeit fing ich zwei Äschen und eine Brasse, zwei Kilo schwer. Besser geht's nicht. Die Nacht brach herein, und ich machte Schluss. Die Dünung hatte weiter zugenommen und brüllte geradezu. Wenn der Sturm vorüber war, würde es einen guten Fang geben. Das Wasser überflutete schon den schlaglochübersäten Weg mit dem rissigen Asphalt, der von der Hauptstraße an den Strand führt.

Eine Glühbirne hoch oben an einem Pfahl warf gelbliches, schwaches Licht. Man konnte gerade genug erkennen, um zur Hauptstraße zu finden, die in etwa zweihundert Metern Entfernung parallel zum Strand verläuft. Es war keine Menschenseele zu sehen. Wenn man den Weg hinaufgeht, liegt rechts ein Grundstück voller Schlamm und Unkraut, in dessen Mitte ein altes, baufälliges Holzhaus steht. Es sieht aus, als könnte es jeden Augenblick in sich zusammenfallen. Dort lebt eine Frau zwischen sechzig und siebzig. Recht rüstig und redselig. Wir sagen uns immer Guten Tag. Jetzt steht sie im Hauseingang und ruft mich.

»He, junger Mann, komm mal her, kannst du kurz mit anpacken?«

Über der Tür sieht man noch eine geschliffene Glasscheibe mit dem Baujahr: 1925. Das Wasser fließt rund um das Haus und dringt durch alle Ritzen. Ich stapfte durch den Matsch bis zum Eingang. Mir ging durch den Sinn, dass der Bauherr ein Idiot oder ein Betrüger gewesen sein musste. Er hätte das Erdgeschoss mindestens zwei Meter über dem Meeresspiegel bauen müssen. Es steht gerade mal zehn Meter vom Ufer entfernt. Jedes Kind merkt, dass das so nicht geht. Die alte Frau war barfuß und trug einen leichten Hausmantel, fast durchscheinend und völlig durchweicht. Sie hatte kaum was darunter an. Nur einen Schlüpfer. Da wurde mir bewusst, dass es stark regnete und der böige Wind immer heftiger blies. Es sah mehr nach einem Wirbelsturm als nach einem einfachen Gewitter aus.

Die Alte war eine robuste Frau mit kräftigen Händen. Ihr zupackendes Wesen zeigte sich in ihrem Blick und in ihrer Muskulatur.

Ich sah genauer hin: Sie war nicht älter als sechzig. Mit runden, sehr festen Brüsten und großen, dunklen, mächtigen Brustwarzen, die aufgerichtet gegen den nassen Stoff des Hausmantels drückten. Es war eine Versuchung, hineinzubeißen und sie abzulecken. Die Frau war wie ein Fels in der Brandung, ein fester, solider Halt. Das gefiel mir. Manchmal setzt sich das Baby in mir gegen den Schweinehund durch.

Im Haus gab es nur zwei schummrige Glühbirnen, die ein fahles Licht abgaben. Die Frau hatte sich an solche Situationen gewöhnt. Sie wusste genau, was zu tun war.

»Komm. Pack hier mit an. Das ist Salzwasser, es zerfrisst alles.«

Ich half ihr, einen alten russischen Fernseher auf einen Tisch zu hieven. Daneben stellten wir drei Kartons mit Kleidung und Schuhen, ein uraltes Radio und noch einen Karton mit Reis, Bohnen, Zucker und ein paar Konservendosen.

Ich betrachtete unser Werk und begann mir Sorgen zu machen. Die Tischplatte war gerade einmal achtzig oder neunzig Zentimeter über dem Boden. Das Wasser konnte viel höher steigen. Ich sagte nichts, aber sie las meine Gedanken.

»Keine Sorge, so hoch steigt das Wasser nicht. Ich wohne hier schon seit vierzig Jahren.«

»Das Meer ist heute ziemlich wild. Es heißt, dass ein Wirbelsturm kommt.«

»Ach, das ist doch nur Geschwätz. Irgendwas müssen sie ja erzählen, um sich ihre Brötchen zu verdienen. Hilf mir mit der Matratze.«

Eigentlich war es nur eine Matte. Sie war recht schwer und stank höllisch. Wir hievten sie auf die Betonablage in der Küche. Alles wirkte schmutzig, klebrig, alt, verlassen. Es gab fast keine Möbel. Es herrschte eine Atmosphäre von Kargheit und größter Unerschütterlichkeit, gemischt mit

Nachlässigkeit, Verlassenheit und Dreck. In diesem Moment fiel der Strom aus. Oder er wurde abgeschaltet, um Unfällen vorzubeugen. Es war zappenduster.

»Rühr dich nicht vom Fleck, mein Sohn, ich hab da schon was parat.«

Sie zündete eine Kerze an. Ich hatte Gummischlappen an den Füßen. Das Wasser erreichte die Küche, und bald ging es mir bis zu den Knöcheln. Mit einem Sprung setzte ich mich auf die Ablage und streckte mich auf der nach Pisse stinkenden Matte aus. Um die Frau etwas aufzumuntern, sagte ich:

»Jetzt wär eine Flasche Rum nicht schlecht.«

»Für dich vielleicht. Ich hab noch nie im Leben getrunken. Ihr Männer löst alle Probleme durch Saufen.«

»Nur ein paar Schluck, damit uns warm wird.«

»Das ist nicht nötig. Ich hab noch nie getrunken oder geraucht. Und wenn ich überlege, was ich schon alles durchgemacht habe, hätte ich zwei Rumfabriken leersaufen müssen.«

»Tja, wenn Sie meinen …«

»Ganz im Gegensatz zu meinem Sohn, der säuft jeden Tag, raucht eine nach der anderen, trinkt Kaffee, ich sag immer zu ihm: Wenn du so weiter machst, bringst du dich ganz allein um. Er lebt in ständiger Anspannung.«

»Ich hab ihn ein paar Mal mit Ihnen gesehen. Ich glaube, in einer Uniform …«

»Er ist Busfahrer. Das Einzige, was er kann, ist Bus fahren. Ein nichtsnutziger Faulpelz. Kaum zu glauben, dass er mein Sohn ist.«

Sie zog sich ins Dunkel zurück. Es war eine Flucht vor

dem, woran sie sich bei diesem letzten Satz erinnert hatte. Die Kerze warf nur einen winzigen Schimmer. Sie konnte gleich ausgehen. Die Flamme flackerte in dem Luftzug, der durch die morschen Bretter drang. Die Frau sagte:

»Sag ruhig du zu mir, sei nicht so förmlich. Auf wie alt schätzt du mich?«

Ich wollte schon paar und sechzig sagen, aber bei Frauen muss man vorsichtig sein.

»Bisschen über fünfzig.«

»Ich bin einundsechzig. 1940 geboren. Und du?«

»1950.«

»Da sind wir ja fast gleich alt.«

»Ja.«

»Na ja, ihr Männer haltet euch einfach besser. Wir Frauen verblühen schnell.«

Ich bekam das Gefühl, dass die Alte Abwechslung suchte. Ich sah genauer hin. Ja, die konnte man schon mal rannehmen. Vielleicht war sie gut im Bett. Sie war robust. Grob und wenig weiblich, aber womöglich eine Reserve für Notfälle und Zeiten des Mangels. Wir verfielen in Schweigen.

Man hörte nur das Brüllen des Meeres und des Windes. Ich fühlte mich sehr gut dort, im Dunkeln, während ich dem anschwellenden Toben des Unwetters lauschte und mir eine derart herbe Frau ansah. Sie wirkte wie in den Boden gerammt. Schließlich sagte ich:

»Lebst du wirklich schon seit vierzig Jahren hier?«

»Äh … nein, schon länger. Vierzig ist mein Sohn. Ich bin im Jahr '56 vom Land hierher gezogen. Um hier zu wohnen, bei der Hausbesitzerin.«

»Aha …«

»Sie hat mich als Hausmädchen eingestellt. Ich sollte mich um die Zimmer kümmern.«

»Mit sechzehn warst du eine richtige Puppe.«

»Hoppla, mein Junge, du bist wohl Hellseher. Jesses, Maria und Joseph!«

Sie bekreuzigte sich zweimal. Etwas verwirrt ging sie ans Fenster, öffnete es und sah hinaus. Man sah gar nichts. Es war stockdunkel. Wind- und Regenböen kamen herein. Sie schloss rasch das Fenster, verriegelte es und kehrte in den kleinen Teil des Raums zurück, der von der Kerze notdürftig erleuchtet wurde.

»Sie haben dich Puppe genannt. Und du bist immer noch in Form.«

»Woher weißt du das?«, fragte sie sehr ernst.

Ich wusste überhaupt nichts, aber ich habe meine Tricks, um Leute zum Reden zu bringen. Also antwortete ich:

»Manchmal bekomme ich was ins Ohr geflüstert.«

»Von einem aus dem Kongo?«

»Nein, von einem entlaufenen Sklaven und einem Indio.«

»So so, du bist also ein ganzer Kerl. Befragst du sie auch selbst?«

»Das tut nichts zur Sache, Puppe. Darüber reden wir ein andermal. Wo haben sie dich Puppe genannt? Sag schon, ich weiß es sowieso.«

»Ich werd's dir sagen. Mit dir kann man reden. Ich zeig dir bei Gelegenheit sogar ein paar Fotos von damals. Ich bin oft geknipst worden. Man soll sich ja nicht selber loben, aber die Wahrheit ist die Wahrheit. Die Besitzerin hier hatte nebenan eine Bar, und dahinter hatte sie Zimmer. Du weißt ja, wie das Leben war.«

»Und du hast dort gekellnert.«

»Sie hatte immer acht oder neun Kellnerinnen. Die holte sie sich vom Land. Ich war da … also … von 1956 bis '60, als sie die Bars zugemacht haben. Während dieser ganzen Zeit war ich nur die Puppe. Da hat's nie eine Schönere gegeben oder eine mit 'nem besseren Körper. Die Chefin sagte, ich würde ihr Glück bringen, weil … na ja, die Bar war jeden Abend voll, von Montag bis Sonntag …«

»Du hast immer noch einen guten Hintern.«

»Und hart wie Stein. Und gute Brüste. Ist bei mir von Natur aus so. Ein Geschenk Gottes. Du kannst dir nicht vorstellen, wie viele reiche Amerikaner herkamen, um sich von mir bedienen zu lassen. Manchmal einen ganzen Tag lang. Sie ließen mich nicht aus dem Zimmer. Und das Geld floss nur so. Ah, wenn ich an diese Zeit denke, würde ich am liebsten losheulen.«

»Und dir hat nie einer 'nen Heiratsantrag gemacht?«

»Es gab einen aus Kalifornien, der war ganz verrückt nach mir. Aber er war Seemann. Mechaniker auf einem Schiff. Er hat mir immer Fotos gezeigt von seinem Haus, von seinen Eltern. Er hatte 'ne Farm in Kalifornien. Ich hätte ihm fast nachgegeben, aber …«

»Aber was?«

»Ich mit einem Seemann? Ständig allein sein? Außerdem hätte ich mit seinen Eltern Englisch reden müssen … nein, nein, nein.«

»Du hättest ausgesorgt gehabt.«

»Er gefiel mir nicht. Ich hab nichts für ihn empfunden. Viel Zärtlichkeit, Geschenke, viel Geld, aber … Ich sag dir die Wahrheit: Er hatte einen Schwanz, der war so kurz wie der von einem Kind. Ich wusste nie, ob er drin ist oder draußen.«

»Hahaha, das war ein ganz schönes Opfer!«

»Und ich hab gedacht: das ganze Leben mit diesem Stummelschwanz? Nein, sonst fange ich bald an, ihn zu hassen, und dann wird's nur noch schlimmer. Ich mag richtige Männer. Echte Kerle! Bei denen ich mich wie eine Frau fühle. Außerdem war er so ein Selbstloser, so ein bisschen bescheuert.«

»Du stehst eher auf Perverse …«

»Auf solche, die mich an der kurzen Leine führen.«

Während sie redete, streichelte sie sich den Bauch und etwas darunter. Ich hatte den Eindruck, dass die Puppe über ihren Erinnerungen heiß geworden war und am liebsten an Ort und Stelle ein Nümmerchen geschoben hätte. Aber mir war nicht danach. Ein Mann von fünfzig Jahren mit Frau zu Hause läuft nicht mit einem Ständer rum, bereit, ihn ins erstbeste Loch zu stecken. Außer, er ist lebensmüde. Ich versuchte, das Gespräch in Gang zu halten, damit sie ihre Hitzewallungen vergaß:

»Und die Chefin ging nach Miami?«

»Ja, als sie ihr die Bar dichtgemacht haben und sie alleine dastand. In den sechziger Jahren haben sie hier alles dichtgemacht: Billardsalons, Bars, Stundenhotels. Alle ab zur Zuckerrohrernte. Es gab nicht mal Rum. Als wären wir Pfaffen.«

»Ich erinnere mich genau.«

»Sie hat mich hier gelassen, damit ich aufs Haus aufpasse. Ich kann sie noch hören: ›Puppe, pass mir auf das Haus auf, dieser lächerliche kleine Aufstand wird nicht lange anhalten. Und dann komme ich wieder und baue mein Geschäft neu auf. Und zwar noch größer und schöner.‹«

»Aber jetzt sind vierzig Jahre vergangen.«

»Und sie ist in Miami gestorben, und das Haus fällt in sich zusammen, und die Puppe ist eine hässliche Alte, die nicht mal mehr die Hunde mögen.«

»Sag so was nicht.«

»Ahhh, ich mach mir nichts vor.«

»Und dein Sohn?«

»Der ist ein Einfaltspinsel und ein Faulpelz. Genau wie sein Vater, der nur als Zuhälter taugte.«

»Aber dein Sohn ist kein Zuhälter.«

»Nein, dazu fehlt ihm das gewisse Etwas. Er ist Busfahrer, heute Abend hat er bis Mitternacht Schicht. Und selbst wenn die Welt zusammenbricht, der erscheint nicht vor halb eins.«

»Das hier ist ein Hurrikan. Bestimmt kommt er gleich.«

»Ach was! Du kennst ihn nicht. Er lebt in den Wolken. Er weiß genau, dass das Haus überschwemmt wird und dass ich die Sachen allein nicht hochstellen kann … Ach, Scheiße, ich hab dieses Leben so was von satt.«

»Gib nicht auf, Püppchen, eh' du dich's versiehst, holen sie dich hier raus, um ein tolles neues Haus zu bauen. Das ist doch eine Touristengegend.«

»Damit machen sie schon seit drei, vier Jahren rum. Angeblich wollen sie einen Hotelkomplex hochziehen und dafür rundherum alle rauswerfen, insgesamt zehn oder zwölf Häuser.«

»Haben sie dir schon was Besseres angeboten?«

»Ja, aber ich will rauf auf den Hügel.«

»Da wohne ich, in den Hügeln.«

»Die paar Jährchen, die mir bleiben, möchte ich im Grünen verbringen. Auf dem Hügel, mit den Vögelchen, die in den Bäumen singen. Ich hab genug vom Meer und dem Salzwasser und den Wirbelstürmen und dem ständigen Ärger.«

»Auf den Hügel, Puppe, *pa' la loma, pa' la loma*«, sang ich.

»Hahaha.«

Endlich hatte ich sie ein wenig zum Lachen gebracht.

»Ich hab mein ganzes Leben auf dem Land verbracht oder hier. Was anderes kenne ich nicht.«

»Du machst Witze, Puppe.«

»Ob du's glaubst oder nicht. Ich war noch nicht mal in Havanna.«

»Das glaube ich dir wirklich nicht. Nach Havanna sind es siebenundzwanzig Kilometer.«

»Und was will ich dort? Es heißt, da gibt's 'nen Haufen Leute und viel Verkehr, und alles ist so groß und man verläuft sich. Nein, nein. Das macht mich alles nur nervös. Und Gott sei Dank bin ich nie krank gewesen und hab nie ins Krankenhaus gemusst.«

»Da sieht man, dass du vom Land kommst.«

»Und dazu steh ich auch. Dort gefällt's mir am besten. Ich bin nur hierher zur Chefin gekommen, um leben und meinen Eltern und Geschwistern helfen zu können. Wir konnten doch nicht immer nur Mehl und Süßkartoffeln essen.«

Ich wollte gehen, aber ich traute mich nicht, sie allein zu lassen. Ich sagte:

»Gehen wir raus auf die Hauptstraße. Das Wasser wird noch weiter steigen.«

»Nein, nein. Ich bleib hier, bis mein Sohn kommt. So hoch steigt das Wasser nie.«

»Bist du sicher?«

»Und wie.«

»Also gut, ich muss dann mal weiter.«

»Geh nur. Mach dir keine Sorgen. Mir passiert nichts.«

Sie nahm die Kerze. Mit der Hand schirmte sie die Flamme ab und begleitete mich zur Tür. Sie öffnete nur einen Spalt, damit ihr der Wind nicht die Kerze ausblies. Das Wasser reichte uns bis an die Oberschenkel. Ich ging durchs Tor und rief zum Abschied:

»Wir sehen uns morgen, Puppe.«

»Hör mal, nein. Vergiss diesen Spitznamen. Ich heiße Antonia.«

»Wir sehen uns morgen, Antonia.«

»Bis morgen.«

Aus der Welt verschwinden

Drei Wirbelstürme fegten über die Karibik. Das Wetter war ekelhaft feucht und heiß, bewölkt und mit Windböen. Es war ein später Oktobernachmittag, und ich fand nichts zu tun. Ich fühlte mich unruhig, angespannt und nervös. Seit zwei Tagen regnete es pausenlos. Am Vorabend hatte ein Typ, der sich als Schriftsteller, Theoretiker und guter Bekannter ausgibt, bei mir vorbeigeschaut und mich um fünfzig Dollar gebeten, für ein Bombengeschäft. Er erzählte in allen Details davon ganz überzeugend und versprach, mir das Geld binnen zwei Monaten zurückzugeben. Ich lieh ihm dreißig, aber es blieb ein schlechter Beigeschmack. Die Sache roch nach Betrug. Am nächsten Morgen rief er mich an und sagte, die Polizei habe seine Ware beschlagnahmt. Er war auf offener Straße angehalten worden, mit all dem Zeug ohne Beleg. »Aber mach dir keine Sorgen. Ich geb dir das Geld zurück. Ich stehe zu meinem Wort«, sagte er im Brustton der Überzeugung, aber ich wusste, dass das nur Gerede war. Ich glaube, ich habe verloren. Später, am Nachmittag, kam eine wohlerzogene junge Dame, die sich als Anwältin ausgibt, und wollte mir zweihundertfünfzig Dollar aus dem Kreuz leiern. Ich wurde ein wenig aggressiv. Fast hätte ich sie hochkant hinausgeworfen. Sehe ich etwa aus wie ein vertrottelter Alter? Als Nächstes kam ein Anruf: Julia trinke mehr denn je und müsse möglicherweise zur Behandlung in eine Klinik eingewiesen werden. Das tat mir sehr weh. Sie hat die Kontrolle verloren. Es hieß, sie bekomme Wutanfälle und werde ganz aggressiv. Seit zwei Monaten sind wir getrennt, und ich habe das Gefühl, dass wir uns nie wiedersehen werden. Jedenfalls ist es schrecklich. Sie bringt sich nach und nach um.

Da war ich. Wütend auf mich selbst, den Blick hinaus auf den Regen gerichtet, der durch die Fensterritzen drang und in der ganzen Wohnung Pfützen hinterließ. Bekümmert wegen Julia. Vielleicht auch wegen mir. Anscheinend durchlebte ich eine durch Schuldgefühle ausgelöste Krise. Julia hatte hinter meinem Rücken sämtliche Geschichten gelesen, in denen ich sie vorkommen lasse. Außer sich vor Wut hatte sie mich verflucht und mir vorgeworfen, ich würde gegen sie schreiben. Ich schreibe niemals für oder gegen jemanden. Ich schreibe einfach und verwende das verfügbare Material. Was ich in dem Moment zur Hand habe. Jedenfalls glaube ich, dass ich mich schuldig fühlte und nicht schlau daraus wurde, was zwischen Julia und mir tatsächlich geschehen war. Das brachte mich emotional aus dem Gleichgewicht. Das Schlimmste ist, dass all diese negativen, stumpfsinnigen metaphysischen Gedanken mir jegliche Energie rauben. Ich bin dann kraftlos und niedergedrückt. Und es kostet mich viel Mühe, wieder auf die Beine zu kommen. Darum ist Zynismus so wichtig. Der wahre Zyniker, der geborene Zyniker kennt nur die Treue zu sich selbst. Und damit erspart er sich so manche Verwirrung.

Um aus dem Tief herauszufinden, versuchte ich es mit

selbsttherapeutischen Sprüchen: Immerhin hat niemand Krebs, Ärger mit der Justiz gibt es auch keinen, niemand muss in den Knast, die Probleme machen mich stärker, es könnte schlimmer sein und so weiter. Ich ging in die Küche und schenkte mir ein halbes Glas Rum ein. Es war die passende Zeit, um sich einen zu genehmigen.

Es klingelte. Elizabeth. Sie ist Tänzerin. In den letzten Monaten hat sie drei Nächte pro Woche im Club Normandía getanzt, einer Kaschemme am Meer außerhalb von Havanna. Zusätzlich trat sie als Transvestit auf und tanzte mehrere Nächte im Chez Alberto, einem illegalen Gayclub in Mantilla, ein paar Schritte vom Haus eines berühmten Krimiautors entfernt. Das Normandía wurde von der Gesundheitsbehörde zugemacht, weil die Toiletten verstopft waren und Scheiße auswarfen, anstatt sie zu schlucken. Im Chez Alberto sind ihr die Schwulen eines Nachts draufgekommen und haben sie öffentlich ausgezogen. Der Krimiautor hat mir das alles genau erzählt. Elizabeth ahnte nicht, dass ich Bescheid wusste. Sie hatte dem ehrenwerten Publikum ein nervöses Lächeln geschenkt und gesagt, ihre ach so weiblichen Formen verdanke sie perfekt gelungenen chirurgischen Eingriffen. Sie versuchte, alles wie eine ausgefallene Striptease-Nummer aussehen zu lassen. Die Transvestiten wurden fuchsteufelswild und drohten, sie mit einem Messer aufzuschlitzen, wenn sie sich noch einmal dort blicken lasse.

»Du hast keinen Anstand, Scheißnutte, du hast keinen Anstand!«, schrien sie Elizabeth hinterher, als sie per Arschtritt hinausbefördert wurde.

Elizabeth ist schon über fünfzig, aber das will sie nicht

wahrhaben. Nun verkauft sie frische Kuhmilch. Sie fährt zweimal die Woche aufs Land und bringt ihre Ware nach Zentral-Havanna. Ich muss mir immer ihre Geschichten anhören:

»Dieses Geschäft macht mich irre. Ich als Milchmädchen! Elizabeta de Cuba! So haben sie mich immer präsentiert. Auf den besten Bühnen von Havanna. Elizabeta de Cuba! Ich mach sogar Bauchtanz, Schätzchen! Das können nur ganz wenige auf der Welt.«

»Aber die Zeit bleibt nicht stehen, Elizabeth.«

»Jetzt sei nicht fies! Warum musst du mich jetzt auch noch niedermachen? Bist du mein Freund oder mein Feind?«

»Ich will dir nur beim Nachdenken helfen. Vielleicht kannst du unterrichten.«

»Das würde ich gerne.«

So geht das eine Weile. Immer dasselbe. Sie akzeptiert nicht, dass sie am Ende des Weges angekommen ist und von jetzt an Milchmädchen sein wird.

Schließlich geht sie. Ich koche die Milch auf. Sie ist ausgezeichnet. Es bildet sich eine dicke Sahneschicht. Ich gehe mit einem Glas Rum in der Hand auf die Terrasse hinaus. Der Regen hat nachgelassen, und von Norden her weht ein Wind, kann sein, dass es aufklart. Das Viertel liegt ruhig da. Soweit das möglich ist. Die Dicke aus dem Erdgeschoss beschimpft ihren Mann. Der Typ ist LKW-Fahrer, ein dünner, ausgemergelter Kerl. Er hängt an ihren Lippen, als würde sie ihm Liebesgedichte vortragen. Ziemlich dreist. Er steht auf dem Gehsteig, neben seinem LKW. Die Dicke auf dem Balkon. Wenn man der Dicken einen anderen

Monolog gäbe, wären sie wie Romeo und Julia. Es ist eine Schmierenoperette, die sich täglich mit derselben Szene wiederholt. Ich kann nicht begreifen, wie der Typ eine solche Beschimpfungstirade ungerührt über sich ergehen lassen kann, auf offener Straße. Ich gehe wieder rein. Es ist acht Uhr abends. Wenn ich hier bleibe, trinke ich noch die ganze Flasche. Besser, ich gehe zu Miriam. Vielleicht ist sie allein.

Ich ging die Treppe hinunter und dachte dabei, dass die Frauen meine Rettung und mein Untergang sind. Immer dasselbe. Eine, die dich heute rettet und dein Leben in eine leichte Komödie verwandelt, zieht dich morgen runter, du ziehst sie runter, und es beginnt das Drama, das sich schnell zuspitzt. Und wenn du nicht rechtzeitig Schluss machst, kann alles tragisch enden. Ich nahm den 195er, der um diese Uhrzeit halb leer war. In vierzig Minuten war ich in Guanabacoa. Ich fuhr bis zur Endhaltestelle und bog zwischen mannshohen Gräsern hindurch in einen dunklen, matschigen Weg ein. Es gab nur wenige, dem Einsturz nahe Häuschen, die Bleiben bettelarmer Leute, und dazu Schweinekoben, die nach Mist stanken. Miriam erzählte mir, dass auf dieser dunklen Strecke zu jeder Tages- und Nachtzeit Onanisten auftauchen konnten, splitterfasernackt. Sobald sie eine Frau sahen, streiften sie die Shorts ab und holten sich dann vor den Damen einen runter. Ein ganz anderes Niveau als in Zentral-Havanna. In meinem Viertel lassen sie wenigstens die Klamotten an. Das hier ist schon der Gipfel des Exhibitionismus.

Heute waren keine Wichser da. Oder ich gefiel ihnen nicht, und sie blieben hinter den Gräsern versteckt. Es nieselte schon wieder, und meine Schuhe und Hose bekamen einiges an Schlamm ab. Schließlich komme ich an Miriams und Luis' Haus. Es ist eine Bretterbude, baufällig und altersschwach: zwei Zimmer und ein Hof aus gestampfter Erde. Ich gucke durchs Fenster. Die zwei sind am Streiten. Miriam kocht, und Luis schreit, dass sie nicht so viel Öl nehmen soll und dass sie eine Verschwenderin ist. Mir scheint, dass er getrunken hat. Der Fernseher läuft, und jemand redet endlos über Gerechtigkeit und die Zukunft und eine Welt ohne Hunger. Es werden Szenen von unterernährten kleinen Schwarzafrikanern vorgeführt, die kurz davor stehen, in Tränen auszubrechen. Die beiden streiten weiter und übertönen den Fernseher mit ihrem Geschrei. Ich schaue vom Wegrand durchs offene Fenster in die Küche und traue mich nicht hinein. Hohe, breite Gräser beschützen mich. Sie können mich nicht sehen. Ein Typ kommt auf dem Fahrrad vorbei. Als er schon ein Stück weit weg ist, ruft er mir zu: »Pass bloß auf, Spanner vertreiben wir hier mit der Machete!«

Ich nehme die Drohung als guten Rat und gehe hinters Haus. Dort ist ein niedriger Zaun mit einem Törchen. Ich betrete den Hof. Sie haben ein Ferkel, das mit einem Strick angebunden ist. Es quiekt und beschnuppert mir die Füße. Luis kommt heraus. Er denkt, man will ihm das Schwein klauen. Als er mich sieht, ist er erfreut:

»Ach, wen haben wir denn da! Komm rein, Kumpel! Fast hätte ich dir eine verpasst. Ich dachte, die wollen mir mein Schweinchen klauen.«

»Ganz ruhig, Luis.«

Wir schütteln uns die Hände. Er ist betrunken und verliert das Gleichgewicht. Trotzdem muss er beweisen, was er für ein Kerl ist, und hält mir die Flasche hin, als würde er mir ein Gewehr geben, um das Vaterland vor einem Angriff zu verteidigen:

»Nimm 'nen Schluck, das ist was für echte Männer.«

Ich probiere das Zeug. Warfarin. Ich muss mich fast übergeben. Es ist was für Männer mit einer Leber aus Stahl. Ich betrete das Häuschen. Miriam gibt mir einen ziemlich flüchtigen Kuss und kocht weiter: weißen Reis, zwei Kochbananen und zwei Spiegeleier. Luis besteht darauf, dass ich mitesse. Ausgeschlossen. Was die beiden haben, reicht nicht mal für sie. Ich bin in einem ungünstigen Moment gekommen. Luis bietet mir abermals die Flasche an. Ich tue so, als würde ich trinken. Ich benetze mir nur die Lippen. Er trinkt weiter in tiefen Zügen. Inzwischen ist er sturzbesoffen. Er versucht, ein Gespräch mit mir anzufangen, kann seine Gedanken jedoch nicht ordnen:

»Heut hab ich angefangen … 'ne Wand verputzen … bei 'nem Kumpel … der zahlt mir …«

Er bleibt hängen und starrt ins Leere. Er sieht aus wie hypnotisiert. Miriam sagt:

»Luis, geh ins Bett.«

Er sieht sie an, völlig groggy. Er bekommt keine Antwort heraus. Sie packt ihn am Arm, um ihn ins Schlafzimmer zu führen. Er schüttelt sie ab und stammelt etwas vor sich hin:

»Lass mich, lass … Ein Mann braucht kein …«

Er lehnt sich gegen die Wand. Seine Knie geben nach, und er rutscht zu Boden wie ein Putzlappen. Er schließt die Augen und bleibt schlaff auf dem feuchten Boden liegen. Seine Kleidung und die Schuhe sind schlamm- und zementverschmiert. Miriam bedeutet mir, still zu sein. Sie schließt die Tür zum Hof. Tatsächlich ist es der einzige Eingang zum Haus. Sie schaltet das Licht und den Fernseher aus. Dann fasst sie mich an der Hand und zieht mich zum Bett. Sie küsst mich. Wir küssen uns, aber ich mache mir Sorgen:

»Miriam, und wenn Luis …«

»Bis morgen kriegt der die Augen nicht wieder auf. Mach dir keine Gedanken. Das Wahrscheinlichste ist, dass er erst mittags wach wird. Es wird jeden Tag schlimmer. Aber vergiss das jetzt, mein Schatz …«

Wir machen es ohne Eile und ohne laut zu werden, ganz sanft. Sie ist eine wundervolle Schwarze. Zwischen uns ist seit langem alles geklärt, aber wenn wir vögeln, überkommt uns eine Leidenschaft, die uns in Verwirrung stürzen könnte. Ich versuche mich zu beherrschen und kühl zu handeln. Ich will kein weiteres Durcheinander. Wenigstens nicht jetzt. Wir sind in zwanzig Minuten fertig. Ein stiller, diskreter Quickie, ohne große Choreographie. Außerdem knarzt das Bett zu sehr. Luis könnte wach werden. Wir ruhen uns kurz aus und ziehen uns an.

Miriam schaltet das Licht wieder ein und öffnet die kleine Tür zum Hof. Luis schnarcht mit offenem Mund. Der Sabber läuft ihm übers Gesicht und tropft auf den Boden. Er war immer ein kräftiger Schwarzer, breitschultrig, groß und gutaussehend. Mir scheint, er hat in letzter Zeit stark abgebaut. Ich sage das zu Miriam:

»Luis ist dünn geworden.«

»Klar, er isst ja nie was und trinkt jeden Tag eine Flasche von diesem Fusel.«

»Wenn er so weitermacht, bringt ihn das um.«

»Hoffentlich stirbt er, bevor ich ihn umbringe.«

»Ach, red doch keinen Unsinn, Miriam.«

Sie starrt mich an und sagt:

»Ich habe einen solchen Hass auf ihn. Wenn ich ihn so sehe, würde ich ihm am liebsten mit einem Stein den Kopf einschlagen, bis ihm der Schädel in Stücke springt.«

»Miriam, verdammt, red nicht so ein Zeug! Damit beschwörst du nur, dass Blut und Unglück über dich kommen.«

»Wenn ich das Land irgendwie verlassen könnte, bei meiner Mutter, ich würde ihn umbringen und seelenruhig abhauen. Ohne Gewissensbisse.«

»Du weißt nicht, was du da sagst.«

»Das weiß ich sehr wohl. Ich hätte nicht schlecht Lust, aus der Welt zu verschwinden. Manchmal bekomme ich Lust, mich umzubringen. Ich traue keinem mehr und will keinerlei Bindung mehr eingehen, ahh … du kannst dir nicht vorstellen, was mir alles durch den Kopf schwirrt.«

»Du hast einen Dachschaden. Du weißt ja gar nicht, was du redest.«

»Weißt du etwa, was es bedeutet, fünfzehn Jahre lang mit diesem Schwachkopf zu leben? Manchmal glaube ich, das geht jetzt den Rest meines Lebens so weiter, und dann bekomme ich eine mörderische Depression.«

»Geh von hier weg und verlass ihn. Jedes Mal, wenn wir uns sehen, beklagst du dich, aber du tust nichts.«

»Was soll ich denn tun?«

»Du kannst zu einer von deinen Schwestern ziehen.«

»Glaubst du, ich hab mir das nicht überlegt? Aber da

gäb's andere Probleme. Die haben alle ihr Leben und ihre Männer und ihre eigenen Schwierigkeiten.«

Mir fällt nichts mehr ein. Es gibt solche Phasen. Die Probleme suchen einen. Leute, die einander geliebt haben, hassen sich, und alles wird dunkel. Was soll ich ihr noch sagen? Ich gehe hinaus auf den Hof. Wir sind auf dem Land, und der Himmel ist wunderschön und klar. Die Luft ist frisch und angenehm. Es ist sehr dunkel und man sieht sämtliche Sterne. Ich rufe Miriam heraus. Ich umarme sie, küsse sie auf den Hals und sage:

»Schau nur, wie herrlich. Lass dich nicht kleinkriegen.«

»Ja, sehr schön. Aber ich lebe nicht in den Sternen. Ich lebe hier unten.«

Sie ging hinein und machte zwei Teller zurecht. Sie brachte sie hinaus in den Hof, und wir aßen im Stehen, gegen die Betonmauer der Waschküche gelehnt. Ein wenig weißen Reis, eine gekochte Banane und ein Spiegelei. Alles kalt und allzu fad.

»Miriam, hast du etwas Salz?«

»Nein. Hier gibt's nicht mal Salz.«

Ich war hungrig und schluckte das Zeug runter. Wir redeten nicht mehr. Stille ist wichtig.

Ich hasse Shakespeare

Endlich habe ich mich durchgerungen und begonnen, meine Bibliothek auszumisten. Das mache ich alle vier oder fünf Jahre. Ich habe mir ausgerechnet, dass ich die Hälfte aller Bücher aussortieren und etwas über dreitausend Exemplare behalten könnte. Oder weniger. Wenn ich den Mut dazu hätte, würde ich nur die Nachschlagewerke behalten und etwa zwanzig Bücher. Der Rest ist es nicht wert. Vielleicht bringe ich nächstes Jahr mehr Entschlusskraft auf und lasse sie alle verschwinden. Ich weiß, dass ich meinem Sättigungspunkt jeden Tag näherkomme.

Im Gang vor dem Treppenhaus türmte ich einen großen Stapel vor der Wohnungstür auf. Die werde ich nach und nach verschenken. Ich war schon fast fertig. Es war so gegen elf Uhr vormittags. Da kam eine Dame an. Blond, sehr schlank, blauäugig, gute Manieren und ein Lächeln im Gesicht. Sie musste Amerikanerin sein. Mit ihrem Mann. Ebenso typisch. Sie waren wohl über sechzig, hatten sich gut gehalten. Ich musste kurz an einen Hengst und eine Stute aus Kentucky denken. Zwei wundervolle Vollblüter. Sie kamen schwitzend und schnaufend die Treppe hoch und stellten sich vor. Oder sie tat das, auf Spanisch. Er schüttelte mir nur brüsk die Hand und sagte: »Hi.«

»Guten Tag. Mein Name ist Margaret Gifford. Das ist mein Mann Thomas. Wir kommen aus South Dakota. Aus Rapid City, und …«

»Bitte, kommen Sie herein und erholen Sie sich ein wenig. Sie müssen erst mal zu Atem kommen.«

Ich bot ihnen ein Glas Wasser an. Wir unterhielten uns über das Übliche: den ständig kaputten Aufzug und die unerträglichen acht Stockwerke, die klaustrophobische Dunkelheit im Treppenhaus, die Hitze und die Feuchtigkeit.

Sie waren fasziniert von dem Meeresblick auf der Terrasse. Und entgeistert vom Rest. Von hier oben sieht die Stadt aus, als wäre sie bombardiert worden.

Margaret sagte zu mir:

»Entschuldigung, dass wir hier so hereinplatzen, aber wir verbringen unseren Urlaub in Montego Bay, und da konnte ich der Versuchung nicht widerstehen, auf einen Sprung nach Havanna zu kommen. Also … na ja, um ehrlich zu sein: Ich hatte das eigentlich ganz genau geplant. Ich habe hier die besten Jahre meines Lebens verbracht.«

»Hier in Havanna?«

»Nein, hier, genau hier. In diesem Penthouse. Vor vielen Jahren. Zwischen 1953 und 1957.«

»Jetzt sind das keine Penthouse-Wohnungen mehr. Jetzt sind es *doghouse*-Wohnungen.«

»Oh, sorry. Alles ist verfallen. Das hier war mal ein elegantes Gebäude. Was ist passiert? Ich verstehe nicht.«

Ich verstand sehr wohl. Ich verstand allzu gut. Und ich schwieg.

Sie kramte in ihrer Handtasche und zog einen gelben

Umschlag mit alten Schwarzweißfotos heraus. Auf allen war eine lächelnde junge Frau zu sehen, hübsch und unbekümmert. Sie war angezogen wie die Models von Lana Lobell. Weite, plissierte Röcke. Luftige weiße Blusen mit diskreten Schleifchen und Spitzenbesatz auf der Brust. Weiße Plastikperlenketten, wie sie im Woolworth-»Ten-Cent-Store« verkauft wurden.

»Diese junge Frau bin ich.«

»Sie waren sehr hübsch.«

»Oh, danke. Es waren wundervolle Jahre. Ich habe Spanisch gelernt. Hatte meine erste Liebe, meinen ersten Job. Meine besten Jahre, ohne Zweifel.«

»Tja, ich habe hier meine schlechtesten Jahre verbracht. Und vielleicht auch die besten.«

»Seit wann wohnen Sie hier?«

»Seit '86. Seit fünfzehn Jahren.«

»Eine lange Zeit. Ich habe nur vier Jahre lang hier gewohnt. Herrliche Jahre!«

»Und die schlechtesten?«

»Oh, es ist nicht gesund, sich daran zu erinnern.«

»Sagen Sie schon.«

»Die fingen an, als ich nach Rapid City zurückkam. Das werde ich mein Leben lang bereuen. Ich hätte nie von hier weggehen sollen. Es war, wie wenn man … das Paradies verlässt … oh …«

Mir kam es vor, als wäre sie nicht ganz klar im Kopf. Sie wandte den Blick ab und sah hinaus aufs Meer. Dann steckte sie die Fotos ein. Sie strich sich die Haare glatt.

»Möchten Sie einen Kaffee?«

»Oh, nein. Nur keine Umstände.«

»Das macht keine Umstände.«

Ich kochte Kaffee. Thomas lehnte ab. Er trank nur Mineralwasser aus einer Flasche, die er in einem Rucksack bei sich trug. Margaret machte sich nicht die Mühe, etwas für ihren Mann zu übersetzen. Er zückte eine Kamera und fotografierte uns auf der Dachterrasse. Dann machte er ein paar Landschaftsaufnahmen. Währenddessen unterhielten Margaret und ich uns noch ein wenig.

»In den drei Penthouse-Wohnungen wohnten nur Amerikaner. Ohne Kinder und Hunde.«

»Ich weiß das alles. Die letzte Amerikanerin ist erst vor ein paar Jahren gestorben.«

»Es ist ein wunderschöner Ort. Ich habe nie an einem so schönen Ort gelebt.«

»Ja, es ist ein Privileg.«

»Haben Sie hier eine Amerikanerin kennengelernt?«

»Nein, nein.«

Ich wollte das Thema nicht vertiefen. Schweigen ist Gold. Aber ich wusste alles. Einer ihrer früheren Nachbarn war im Gefängnis gelandet, mit einer zwanzig Jahre langen Haftstrafe wegen einer sehr hässlichen Angelegenheit. Die andere hatte ihre letzten Lebensjahre in Angst verbracht, eingesperrt hinter zahllosen Gitterstäben und Schlössern. Am Ende habe ich nie erfahren, ob sie eine international tätige kommunistische Agentin war, die vom FBI verfolgt wurde, wie sie mir eines Tages gesagt hatte. Oder ob sie – nach einer anderen Version – eine Nazi-Schergin gewesen war, die in einem deutschen KZ gearbeitet hatte. Jedenfalls verfolgt, aufgespürt und mit dem Tode bedroht. Schließlich starb sie auf schreckliche Weise. Es waren zwei qualvolle, furchtbare Leben gewesen. Ich weiß das alles. Aber es ist noch nicht an der Zeit, über diese zwei Amerikaner zu schreiben. Ich bin nicht zum Kamikaze berufen. Vielleicht ist Margaret gerade noch davongekommen, aber sie hat keinen Schimmer. Wir sahen uns an und lächelten wortlos. Das reichte schon. Margaret entschuldigte sich, und die beiden gingen. An der Tür warf sie einen Blick auf den Bücherstapel. Obenauf lag ein Shakespeare-Band. Sie nahm ihn in die Hand und fragte:

»Und den werfen Sie auch weg?«

»Ja. Ich hasse Shakespeare.«

»Oh, Sie sind ein Ketzer.«

»Und was für einer.«

Sie lächelte sanft, und ich fand sie ganz bezaubernd. Die Welt ist voller bezaubernder Frauen. Sie tauchen immer wieder auf. Sie legte das Buch zurück zu den anderen, und die beiden machten sich vorsichtig auf den Weg die Treppen hinunter. Dabei wiederholten sie ein paar höfliche Floskeln und Abschiedsworte. Auch ich sagte ein paar Höflichkeiten und schloss die Tür.

Du siehst aus wie Dick Tracy

Allein leben ist sehr gut. Julia beginnt langsam zu verblassen. Mein Geist gewinnt nach dem Sturm an Ruhe und Sicherheit. In der Abenddämmerung gehe ich den Hügel hinunter und betrete eine Bar nahe am Strand. Wenn ich allein zu Hause bleibe, leere ich womöglich eine Flasche Rum und lege mich am Ende betrunken ins Bett, schmutzig, ohne geduscht und gegessen zu haben. Das geht nicht. Sooft ich den Willen dazu aufbringe, meide ich die nächtliche Einsamkeit und gehe in die Bar. Dort stehen zwei Billardtische. Ich trinke Bier und übe ein paar Stöße über Bande. Es gelingt mir, mich auf die Karambolagen zu konzentrieren und die Versuchung des einsamen Rums zu vergessen.

Ich habe nachgerechnet: Meinen ersten Suff hatte ich an Weihnachten 1967. Ich war siebzehn und mit meiner ersten Freundin zusammen. Seitdem sind fünfunddreißig Jahre vergangen, in denen ich stark getrunken habe. Ich musste einige Male Galle spucken, neben anderen schlimmen Erlebnissen, die man besser vergisst. Ich nehme an, meine Leber ist beste Qualität, denn anscheinend hat sie's gut überstanden.

Na ja, ich meide den Alkohol, sooft ich kann. Ich angle

am Strand. Ich spiele Billard. Ich fahre mit dem Fahrrad herum und lese ein wenig. Jeden Tag gibt es mehr Bücher und weniger zum Lesen.

Gegenüber der Bar ist eine Cafeteria mit zwei oder drei Tischen davor. Eigentlich ist es nur ein billiger kleiner Stand. Sie verkaufen dort Brathähnchen, Hot Dogs, Bier und Erfrischungsgetränke.

Wenn mich das Billard zu langweilen beginnt, gehe ich rüber und esse etwas. An jedem zweiten Tag traf ich dort Lena. Sie hatte eine endlos lange Schicht, sechzehn Stunden am Stück. Jeden zweiten Tag. Von sieben Uhr morgens bis elf Uhr abends. Sie ist eine sehr dünne Frau, etwas über dreißig. Übermäßig dünn. Ich glaube, sie hungert, trotz der Hähnchen und Pommes Frites, die sie brät. Sie ist ziemlich hellhäutig und hat kurze, blond gefärbte Haare, blaugrüne Augen und einen großen, lächelnden Mund, und sie ist umgeben von einer gewissen Aura aus Gelassenheit-Melancholie-Traurigkeit-Unerschütterlichkeit.

Seit ich sie das erste Mal sah, hatte ich den Eindruck, dass sie in derselben Lage war wie ich: groggy, im Ohr die Stimme des Ringrichters, der einen nach dem Niederschlag anzählt, während man versucht sich aufzurappeln.

Wir gefielen einander auf Anhieb. Mehr war nicht. Magnetische Anziehung. Kein Schritt mehr. Aber es war nett, bis dahin zu kommen. Mir schien, dass sie sich sehr entspannte, wenn sie sah, wie ich aus der Billard-Bar kam, die Straße überquerte und auf die Cafeteria zuspazierte. Es sind immer wenige Kunden da. Oder gar keiner. Ich lehnte mich dann gegen den Tresen, bestellte ein Bier, und wir unterhielten uns. Sie ist aus San Miguel del Padrón, einem

Vorort von Havanna. Dort leben die Leute ein zwangloseres Leben. In Zentral-Havanna laufen viele mit unterdrückter Wut herum. Zorn, Verzweiflung, Aggressivität. Das ist ansteckend. Du gewöhnst dich daran, mit scharfen Eckzähnen und Krallen zu leben, bereit, den Erstbesten zu zerreißen, der dich schief anschaut. Vielleicht rede ich deshalb so gern mit Lena. Wegen ihrer Entspanntheit, ihrer Langsamkeit, dieser melancholischen und sanften Ausstrahlung. Sie erzählte mir aus ihrem Leben:

»Eigentlich heiße ich Elena, aber sie haben mich von klein auf Lena genannt.

Meine Großeltern stammten aus Polen. Mein Vater wollte mir immer Polnisch beibringen, aber es gefällt mir nicht. Es ist sehr schwer.

Ich habe zwei Söhne im Alter von acht und zehn. Ich lebe mit ihnen und meiner Mutter zusammen. Mein Vater ist tot.

Ich habe fünfzehn Jahre lang als Krankenschwester gearbeitet, aber ich habe vor Jahren aufgehört. Hier verdiene ich ein bisschen mehr.«

Ich trank Bier und betrachtete mit Verlangen ihre schönen Augen und ihren großen Mund. Ich stellte sie mir nackt vor. Sie muss heiß sein und scharf auf 'nen harten Schwanz. Die kleinen Dünnen sind lebhaft und genießen, was sie bekommen. Vielleicht ist das nur ein Vorurteil gegenüber dicken Frauen. Soweit ich mich erinnern kann, habe ich nie mit einer Dicken gevögelt. Mit Vollschlanken ja. Und Schwangeren noch besser. Aber mit so richtig Dicken – nein.

Jedenfalls haben wir uns ein paar Mal gesehen. Immer durch den Tresen getrennt. Wenn irgendein Kunde kam, verstummte sie, nahm wieder ihre distanzierte Haltung ein und hörte auf zu lächeln.

Einmal bat ich sie, eine Stunde früher Schluss zu machen, um sie woandershin einladen zu können, was trinken und uns in Ruhe unterhalten.

»Ich kann nicht.«

»Hast du 'nen Freund?«

»Ich bin allein.«

»Würdest du dich gern ungestört mit mir unterhalten?«

»Äh … na ja …«

»Was na ja?«

Sie senkte den Blick, überlegte einen Moment und sagte leise:

»Ich habe mich vor kurzem vom Vater meiner Kinder getrennt.«

»Wart ihr lange verheiratet?«

»Zwölf Jahre … zwölf Leidensjahre.«

»Wird wohl nicht alles nur Leiden gewesen sein. Mach keine Tragödie daraus.«

»Er war zu sehr hinter den Frauen her.«

»Wir sitzen im selben Boot. Ich habe mich auch vor kurzem getrennt.«

Wir verfielen in Schweigen. Plötzlich sah sie mich mit einem ganz schelmischen Lächeln an und sagte:

»Lass uns einfach nur Freunde sein. Ich will keine Männerhand auf mir spüren.«

»Immer mit der Ruhe, kein Problem. Ich bin einer von der langsamen Sorte.«

»Machst aber nicht den Eindruck. Du gehst ganz schön ran.«

»Siehst du, der Schein trügt eben.«

»Ich werf dir mal ein paar Fritten in die Pfanne, dass du noch was vom Abend hast.«

»Leg ein Stück Hähnchen dazu.«

»Nein, das Huhn liegt schon zu lang im Kühlschrank. Iss einfach nur ein paar Fritten.«

»Umsorgst du mich etwa?«

Sie sah mich lächelnd an und antwortete nicht. Mir war, als würde sie einen Ehemann brauchen, aber ich machte keinen Mucks.

Als sie die Pommes Frites in der Fritteuse hatte, lehnte sie sich wieder an den Tresen und sah mich fest an. Sie hatte eine besondere Art von Hingabe. Diese Augen und dieser Mund versprühten Östrogen. Sie waren wie ein Spray aus Östrogen pur, und ich spürte, wie es in wenigen Sekunden meine Testosterone erreichte und in Erregung versetzte. Ich sah Lena an, und vor mir erstand das perfekte Bild: Wir lagen aufeinander und liebten uns und trieben es wie die Wilden. Es konnte nicht sein, verdammt, es konnte nicht sein! Ich brauchte einen einsamen Urlaub. Warum nur tauchen immer wieder neue Frauen auf? Werde ich noch zu einem lächerlichen, lüsternen alten Knacker, der ständig die Frau wechselt? Der von einem Flittchen zum nächsten springt? Ach, Scheiße.

Jedenfalls ließ sie die Fritten vor sich hinbraten, sah mich auf diese besondere Weise an und sagte lächelnd:

»Du siehst aus wie Dick Tracy. Hat dir das noch niemand gesagt?«

»Hahaha. Red keinen Blödsinn, Lena.«

»Im Ernst. Hast du den Film nicht gesehen?«

»Nein.«

»Du bist ihm wie aus dem Gesicht geschnitten.«

»Als Kind habe ich immer Dick-Tracy-Hefte gelesen. Ich fand die super. Ein bisschen absurd.«

»Das Leben ist absurd.«

Diesen letzten Satz sagte sie in tiefem Ernst. Dann wandte sie sich wieder den Pommes Frites zu. Manchmal habe ich seltsame Wahrnehmungen. In diesem Moment sah ich, dass Lena eine unerträglich schwere Last auf dem Rücken trug:

»Du bist zu gefügig, Lena.«

»Es ist schlecht, wenn man sich nicht fügt. Man muss dafür teuer bezahlen.«

»Es ist sehr gut, wenn man sich nicht fügt, auch wenn man es teuer bezahlt. Das Schlechte ist, wenn man ein Lamm ist.«

Sie antwortete nicht und richtete die Pommes Frites auf einem Teller an. Sie salzte sie und stellte sie vor mich hin.

»Es ist gefährlich, ein Lamm zu sein, Lena. Du schleppst eine zentnerschwere Last mit dir herum. Und die kann dich so lange drücken, bis sie dich zerquetscht. Steh auf und tu was dagegen.«

»Ach, du liebe Zeit! Woher weißt du das?«

Und sie musterte mich mit ihren grünen Augen, die so sanft und zärtlich waren.

»Gib mir noch ein Bier, Lena.«

»Willst du mir nicht antworten?«

»Kann ich dich demnächst mal abends auf ein Bier einladen?«

»Ich trinke nicht.«

»Nie?«

»Vielleicht mal ein Bier auf einem Fest. Aber nur eins.«

»Und was ist mit Rauchen?«

»Das finde ich eklig.«

»Du bist die Frau, die ich brauche.«

Sie wurde rot wie ein junges Mädchen. Ob das ehrlich war? Frauen sind geborene Schauspielerinnen.

»Kann ich dich zu Hause besuchen?«

»Ja, warum nicht?«

»Bringt es dich in Schwierigkeiten, wenn ich zu dir komme?«

»Du kannst als Freund kommen, mehr nicht.«

In diesem Augenblick unterbrachen uns ein paar Kunden. Sie musste sie bedienen. Gleich darauf kamen noch andere herein. Ich wartete eine Stunde lang. Die Cafeteria war brechend voll. Wir konnten nicht weiterreden. Als ich gehen wollte und zahlte, sagte ich:

»Ich seh dich morgen wieder hier. Wir haben noch was zu besprechen.«

Sie lächelte sanft und nickte zustimmend.

Am nächsten Tag bekam ich einen Anruf aus El Calvario und fuhr für eine Woche zu meiner Mutter. Dann reiste ich mit einem Kumpel nach Batabanó weiter, um an der Küste Langusten zu fischen. So kam ich erst fünfzehn Tage später wieder nach Guanabo. Ich war ziemlich spitz, und mein Herz schlug schneller, wenn ich an Lena dachte. Also ging ich sie suchen. An ihrer Stelle stand eine junge, gesunde, sehr hübsche Mulattin mit vollen Lippen, dezent geschminkt, Goldstaub auf den Wangen.

»Guten Abend. Ein Bier, bitte.«

Sie stellte das Bier vor mir auf den Tresen und sagte:

»Das Brathähnchen ist ausgezeichnet. Möchten Sie eine Portion?«

»Das Hähnchen ist seit einem Monat im Kühlschrank und taugt nichts.«

»Woher wissen Sie das?«

»Ich bin Hellseher.«

Sie zog eine verächtliche Schnute, drehte sich um und beendete das Gespräch. Ich winkte sie noch mal her.

»Ja?«

»Wann hat Lena Schicht?«

»Die arbeitet nicht mehr hier.«

»Ach was.«

»Doch, doch.«

»Und wo arbeitet sie jetzt?«

»Keine Ahnung. Sie sind der Hellseher. Sie werden's ja wohl selber wissen.«

»Nein, Mädchen. Sei so gut. Im Ernst jetzt … Lena und ich, wir sind … Freunde, und … hast du ihre Adresse? Ihre Telefonnummer? Irgendeinen Kontakt?«

»Ich weiß, dass sie in San Miguel del Padrón wohnt.«

»Ja, aber das ist ein Riesenviertel.«

»Ja.«

»Was ist überhaupt passiert?«

»Da gab's ein kleines Problem. Es haben Geld und Ware gefehlt, und …«

»Und da hat der Geschäftsführer sie rausgeworfen?«

»Nein. Sie hat sich's raussuchen dürfen. Entweder sie geht, ohne zu mucken, oder er ruft die Polizei.«

»Sieht mir so aus, als hätte der Geschäftsführer sie gelinkt.«

Die Mulattin durchbohrte mich mit ihren Blicken und entfernte sich ans andere Ende des Tresens. Der Geschäftsführer war wohl ihr Macker oder ihr Bruder. Irgendetwas war. Ich fragte noch einmal nach:

»Kannst du mir wirklich keine Adresse von ihr geben?«

»Nein.«

Ich trank mein Bier aus und ging. Nicht weit von dort, bei Martica in der Wohnung, gibt es eine illegale Videothek. Heutzutage ist fast alles verboten. Ich fragte, ob sie den Film Dick Tracy hätten. Nein. Ein paar Verwandte in Miami seien drauf und dran, ihn zu beschaffen, und Batman und Superman dazu. Ein paar Sexstreifen würden sie auch herbringen. Martica pries mir ihre Ware an:

»Sind alles Originale, direkt aus den USA. Und die Pornos sind sechs Stunden lang. Kosten zehn Pesos pro Tag.«

»Ist gut. Wenn ihr sie habt, komme ich Dick Tracy und Batman ausleihen.«

Martica lächelte und sagte: »Jetzt, wo ich genau hinsehe, Sie sehen aus wie Batman.«

»Wie Batman oder wie Dick Tracy?«

»Wie alle beide.«

»Hahaha. Das ist ja abgefahren. Wir sehen uns. Ciao.«

Ich kaufte eine Pulle Rum und ging zum Strand. Es war schon dunkel geworden, und eine Brise wehte. Sehr angenehm, im Sand zu sitzen und Rum zu trinken, im Dunkeln und in der Stille. Mir ging durch den Kopf, dass es vielleicht wirklich stimmte und wir in einem Comic lebten. Versunken in Absurdität und Unwirklichkeit.

Wie ein wildes Tier

Miriam ruft mich am Nachmittag an. Wir haben uns seit zwei Wochen nicht mehr gesehen. Sie kommt nicht nach Zentral-Havanna, und ich fahre nicht nach Guanabacoa. Wir tauschen Floskeln aus. Schließlich kommt sie zur Sache:

»Ich hab vorgestern abgetrieben.«

»Ach du Scheiße!«

»Sie waren schon fast zwei Monate.«

»Sie?«

»Es waren Zwillinge.«

»Äh … und, geht's dir gut?«

»Ich hab viel Blut verloren. Mein Hämoglobinwert liegt bei 9.«

Ich sage nichts. Dann gebe ich mir einen Ruck:

»Waren die wohl von deinem Mann oder von mir?«

»Ist das alles, was dich beschäftigt?«

»Nein, aber … ich weiß nicht …, ist doch wahrscheinlicher, dass sie von ihm waren.«

»Das kann man nicht wissen. Warum soll das wahrscheinlicher sein?«

»Weil du's öfter mit ihm treibst als mit mir.«

»Das stimmt nicht. Man kann nie wissen.«

»Wann sehen wir uns?«

»Wann du willst. Ruf mich an.«

»Ist gut. Ich ruf dich morgen an. Pass auf dich auf. Was lässt sich gegen diese Anämie machen?«

»Weiß nicht. Ich hab kein Geld, und Fleisch oder sonstwas gibt's auch nicht. Man kriegt ja nicht mal Eier.«

»Wenn wir uns sehen, geb ich dir Geld. Du musst Fleisch essen. Was isst du jetzt?«

»Was da ist: Reis mit Bohnen. Ich hab keine Dollars.«

»Also gut, Miriam, okay. Mach dir keine Sorgen. Morgen fahr ich zu dir, und wir finden eine Lösung. Beruhige dich.«

»Komm bitte wirklich. Ich hab Lust, dich zu sehen.«

»Ich will dich auch sehen. Ich küss dich. Ciao.«

»Ciao, mein Schatz.«

Ich legte auf und blieb nachdenklich sitzen. Ich will mich eigentlich nicht so sehr mit Miriam einlassen. Und auch mit keiner anderen Frau. In den letzten Monaten, seit Julia mich verlassen hat, haben wir uns ziemlich häufig getroffen. Und über den Sex haben wir angefangen, einander ins Herz zu schließen. Das geht nicht. Ich will allein sein. Ich brauche Stille und Einsamkeit. Auf jeden Fall muss ich sie jetzt sehen, ihr Geld geben und ihr helfen, Fleisch aufzutreiben. Sie muss sich erholen. Anämie ist für Schwarze besonders gefährlich. Viel schlimmer als bei Weißen.

Es war fünf Uhr nachmittags. Ich schaltete den Fernseher ein. Es liefen Nachrichten von der Katastrophe: dem Anschlag auf die Twin Towers. Chaos und Wahnsinn verrichten weiter ihr Zerstörungswerk. Ich zog mir Schuhe an und fuhr nach El Calvario. Wenn mich etwas quält, kehre ich in den Mutterschoß zurück. Ich verkrieche mich in Fötushaltung.

Der Bus brauchte ziemlich lange. War ja klar. Ist eher komisch, wenn mal was funktioniert. Als ich bei meiner Mutter ankam, war es schon dunkel. Es ging auf acht zu. Auf der Straße fand eine kleine Versammlung statt. Man hatte eine Tribüne aufgestellt und Fahnen gehisst. Aus den Lautsprechern klangen Hymnen. Auf einem großen Plakat stand: »Wir sind gegen Krieg und Terrorismus.«

Meine Mutter war in sehr nervöser Stimmung und ging in der Wohnung auf und ab. Unwirsch gab sie mir einen Kuss und fragte:

»Ach, Junge, um Gottes willen, wie soll es denn jetzt weitergehen? Warum das alles?«

»Ich weiß nicht.«

»Jeden Tag denken sie sich was Neues aus.«

»Ganz ruhig, Mama. Komm, gehen wir zuhören. Beruhige dich.«

Wir traten ans Gartentor. Die Tribüne stand wenige Meter entfernt. Mitten auf der Straße. Es waren nur fünfzehn bis zwanzig Leute da. Die Nachbarn wollten nicht aus den Häusern kommen.

Ein blutjunges Mädchen sprach sehr laut über Krieg und Terrorismus. Sie wirkte ziemlich erregt, und man konnte kaum verstehen, was sie sagte. Danach sprach ein Typ, gemächlicher als sie. Er trug ein normales Oberhemd, aber die Hose und die Stiefel waren Teil einer Armeeuniform. Er kam direkt zur Sache:

»Gut, Genossen, unser Land befindet sich in einer schwierigen Lage.«

Ich hatte diesen Satz im Lauf meines Lebens Hunderte von Malen gehört. Der Typ fuhr fort. Wenigstens sprach er ruhig und ohne Hysterie:

»In den nächsten Monaten könnte eine Notsituation eintreten, in der unser Land einem Krieg ins Auge sehen muss. Wir sind heute gekommen, um euch über die Evakuierungspläne für diesen Stadtbezirk zu informieren. Aufgepasst: In den ersten beiden Stunden eines möglichen Angriffs dienen als Zufluchtsort für euer Viertel der Keller unter der Bäckerei sowie die Untergeschosse der Neubauten, die derzeit dort um die Ecke entstehen. Ich wiederhole: Dies gilt für die ersten beiden Angriffsstunden. Habe ich mich deutlich genug ausgedrückt? Wenn der Luftalarm beginnt, ist sofort Schutz zu suchen. Wir müssen darauf psychologisch vorbereitet sein, um im entsprechenden Augenblick nicht zu zögern. Ist das klar, Genossen? Also gut. Fahren wir fort, Genossen. Gebt gut acht. Nach Ablauf der ersten beiden Stunden beginnen wir mit der Evakuierung der Kinder von null bis dreizehn, in Begleitung eines Erwachsenen. Personen zwischen dreizehn und fünfundsechzig Jahren verbleiben hier, um ihre Aufgaben für den Zivilschutz, die Truppenversorgung etcetera zu erfüllen.«

Einer der Zuhörer fragte:

»Evakuierung wohin?«

»Die Evakuierung erfolgt nach Cienfuegos. Zu Fuß. Wir verfügen über keine anderen Transportmöglichkeiten. Nur Kinder von null bis dreizehn, eine Begleitperson. Noch Fragen?«

Die Leute fingen an zu tuscheln. Und zu lachen. Ich vermutete, dass sie aus Nervosität lachten. Ein Typ drehte sich um und ging. Dabei murmelte er: »Die spinnen. Was es nicht alles gibt, Leute!«

Das Mädchen mit der lauten Stimme trat wieder ans Mikrofon und begann draufloszureden. Sie sagte alles, was ihr so in den Sinn kam. Die Menge fing an sich zu zerstreuen. Meine Mutter sah mich erschrocken an:

»Ob das wahr ist?«

»Was?«

»Dass wir nach Cienfuegos müssen. Hast du das nicht gehört?«

»Doch, aber mach dir keine Sorgen.«

»Ich lasse doch mein Haus nicht unbewacht zurück. Lieber Himmel, kaum hat man ein Problem überstanden, kommt schon das nächste!«

»Ganz ruhig, Mutter.«

Das Mädchen am Mikrofon krakeelte weiter. Ein paar junge Mulatten aus der Mietskaserne gegenüber hatten schon eine kleine Rumba dazu improvisiert:

Bis nach Cienfuegos zu Fuß
Schritt für Schritt bis zum Schluss
Bis nach Cienfuegos zu Fuß
Prikiti pra, prikiti pra, pra pra.

Wir gingen ins Haus. Wir machten die Türe zu. Meine Mutter verschwand in der Küche. Sie kochte Kaffee. Draußen spielten sie wieder die Hymnen ab. Wir tranken den Kaffee. Ich warf einen Blick nach draußen. Dort wurde schon alles eilig abgebaut und auf einen LKW geladen, und weg waren sie.

Ich schaltete den Fernseher ein. Noch immer liefen auf

beiden Kanälen Bilder von den Twin Towers. Ich schaltete wieder aus. Ich blieb im Wohnzimmer sitzen. Es gab nichts zu tun. Meine Mutter erzählte mir von einem Traum, den sie nachts zuvor geträumt hatte, und wollte in der Bolita-Lotterie auf zwei Zahlen setzen. Die Nachbarin von gegenüber nimmt Wetten an. Das ist illegal.

»Ich setz mal je einen Peso auf die Zahlen. Magst du auch spielen?«

»Nein.«

Ich begleitete sie bis zum Gartentor. Es war dunkel. Nur an einer Ecke brannte eine Glühbirne. Meine Mutter verschwand in einem Korridor, der wie ein Wolfsmaul aussah. Es ist ein enges Mietshaus mit etwa zwanzig winzigen Zimmern und über hundert Bewohnern. Nach einer Weile kam sie wieder heraus. Ein vier- oder fünfjähriger Junge verfolgte sie, in jeder Hand einen Stein. Er drohte ihr:

»Gib mir'n Peso oder ich bewerf dich mit Steinen!«

»Also hör mal, Kleiner!«

»Ich knall dir die Steine ans Bein, Scheiß-Alte! Gib mir'n Peso, du hast doch Kohle.«

Meine Mutter schaffte es über die Straße. Sie sah erschrocken aus. Ich ging hinaus, um mir den kleinen Angreifer vorzuknöpfen. Ich nahm ihm die Steine weg und drohte ihm meinerseits:

»Lass dich von mir nicht noch mal bei so was erwischen. Sonst sag ich's deinem Papa.«

»Den kannste ja gar nie sehen! Mein Papa ist im Gefängnis, weil der is'n echt harter Typ!«

»Dann geh ich eben zu deiner Mama, und die zieht dir die Ohren lang.«

»Meine Mama zieht mir gar nich die Ohren lang und du bist'n blöder Scheißkerl.«

»He, benimm dich. Ich bin der Sohn von der Dame hier. Benimm dich, sonst hol ich die Polizei.«

Der Kleine senkte den Kopf. Er sagte nichts mehr und machte ein paar Schritte rückwärts, um außerhalb meiner Reichweite zu kommen. Dann griff er sich wieder einen Stein. Er ging noch etwas weiter weg und rief:

»Du wohnst ja gar nich hier. Wenn du weg bist, muss sie mir'n Peso geben. Oder ich knall ihr'n Stein an den Kopf.«

Ich drehte ihm den Rücken zu und ging ins Haus. Irgendwann würde er schon von seinem Wegelagerer-Trip herunterkommen. Meine Mutter sagte:

»Der Kleine ist erst vier. Er hat gesehen, wie ich seiner Mutter das Geld für die Wette gab, und da ist er mir mit den Steinen hinterhergelaufen.«

»Seine Mutter ist die, die die Bolita-Wetten annimmt?«

»Ja.«

»Dann geh nicht mehr hin.«

»Ach was? Soll ich etwa Angst vor so einem vierjährigen Banditen haben?«

»Das Viertel hier wird allmählich übel.«

»Es wird jeden Tag schlimmer, mein Junge. Du weißt es bloß nicht, weil du immer nur kurz da bist und wieder gehst.«

Ich trete vor das Haus, um etwas frische Luft zu schnappen. Drinnen herrschen Hitze, Staub, Feuchtigkeit, Moskitos. Und ich fühle mich von dem ständigen Geschwätz meiner Mutter eingeengt. Sie hat Angst. Sie hat immer Angst. Und ich weiß nicht, wie ich sie ihr austreiben könnte. Jetzt ist es ruhig im Viertel, und man hört Musik in den Häusern. Ein dünner zunehmender Mond lugt über die Dächer und Bäume.

Ich ging in die Küche. Holte mir eine leere Flasche. Überquerte die Straße und betrat das Mietshaus gegenüber. Ich fragte in zwei oder drei Appartments. Man kennt mich dort nicht. Und ich sehe jeden Tag mehr wie ein Bulle aus: grob, brutal und ohne Freunde. Alle sagen mir, sie hätten keinen Rum. Ich weiß, dass hier jeder Rum, Zigarren, Marihuana, Koks verkauft und illegale Lottowetten annimmt. Und noch mehr, vieles mehr. Es ist ein dreckiges, stinkendes Loch voller Kakerlaken und Scheiße. In einem Zimmer sitzt ein einsamer alter Schwarzer. Ich stecke den Kopf durch seine Tür:

»Guten Abend.«

»N'Abend.«

»Ich bin der Sohn von der Nachbarin gegenüber.«

»Ach, Sie sind der, der in Havanna lebt?«

»Genau. Wissen Sie, ob hier jemand Rum verkauft?«

»Da nebenan gibt's welchen. Und von dem guten.«

»Die haben mir gesagt, sie hätten keinen.«

»Hehehe, weil sie Sie nicht kennen, mein Sohn. Sie sind ja nicht aus dem Viertel.«

Der Alte klopfte gegen die Holzwand und rief:

»Flores, verkauf dem guten Mann was, der kommt von mir.«

»Danke, Señor.«

Ich steckte den Kopf durch die nächste Tür. Flores war eine dralle Mulattin. Eine Kugel aus Hintern, Titten und Lebensfreude. Gutmütig und aufreizend. Sie sah mich an und lachte. Sie hatte keinen BH an, und ihre großen Brustwarzen zeichneten sich deutlich ab. Sie trug ein rotes Lycra und ein kleines weißes Top, das den Nabel freiließ. Alles eng anliegend und winzig. Das Fleisch bebte und sprang einem ins Auge. Mit einer solchen Frau lebt man vierundzwanzig Stunden am Tag wie in einem Porno. Pornografie pur. Und am Ende ist man fix und fertig. Das gefällt mir. An irgendwas muss man ja sterben.

Flores streckte die Hand aus, nahm die Flasche und holte einen Plastikbehälter aus der Ecke. Und in dem Augenblick fiel der Strom aus. Wir blieben im Dunkeln zurück. Die Mulattin rief:

»Verdammte Scheiße, Mensch! Schon wieder Stromausfall! Ich weiß nicht, was sich diese Arschlöcher denken. Wie lang denn noch?!«

Ich kramte in meiner Tasche nach dem Feuerzeug. Ich hatte keines dabei. Die Frau hatte auch keine Streichhölzer. Sie machte einen Schritt, und wir stießen zusammen. Ich fühlte ihre harten, festen Brüste an meinem Arm. Sie nutzte die Gelegenheit, ihre Titten ordentlich an mir zu reiben, und sagte:

»Wart kurz, Süßer. Ich geh mal Streichhölzer holen.«

Ich wartete einen Moment auf sie, ohne mich zu bewegen. Sie kam mit einer Kerosinlampe wieder, füllte die Flasche mit Rum. Gab sie mir. Ich gab ihr fünfundzwanzig Pesos. Sie nahm sie wortlos, ohne auch nur Danke zu sagen. Ich trat auf den Korridor hinaus. Der Mond warf ein schwaches Licht. Die Mulattin beugte sich aus der Tür und rief nach mir. Sie hatte die Lampe in der Hand und wirkte erregt. Ich machte auf dem Absatz kehrt. Sie sagte:

»Gibst du mir keinen aus? Willst du den Rum allein trinken, oder ist dir nach Gesellschaft?«

»Hol ein Glas.«

Ich gab ihr die Flasche, und sie führte sie zum Mund. Sie umschloss den Flaschenhals mit den Lippen, als würde sie was anderes lutschen. Sie nahm einen tiefen Zug. Dann fuhr sie sich mit der Zunge über die Lippen und fixierte mich mit einem irren Schlafzimmerblick. Die lehnte sich aber weit aus dem Fenster. Sie wiederholte ihre Frage:

»Willst du den allein trinken?«

»Mal sehen. Ich weiß nicht.«

»Ich bin hier.«

»Okay. Wart auf mich. Ich komme gleich wieder.«

»Ich warte.«

Ich ging zurück ins Haus. Meine Mutter hatte in der Küche eine Kerze angezündet und sämtliche Türen und Fenster verriegelt. Ich schenkte mir ein und bot ihr auch etwas an.

»Nein, Junge, nein.«

»Komm schon, Mutter. Nur einen Schluck.«

»Wenn ich den einen Schluck nehme, mache ich weiter, bis die Flasche leer ist. Und das geht nicht. Du weißt das.«

Ja. Es war besser so. Seit einem Jahr trinkt sie nicht mehr. Vielleicht sogar noch länger. Sie hat einen sehr starken Willen. Erst hat sie mit dem Rauchen aufgehört. Sechsundfünfzig Jahre lang zwei Schachteln am Tag. Von vierzehn bis siebzig. Ziemlich spät, aber nun gut. Sie sagt, sie kriegt wieder mehr Luft. Jetzt hat sie den Rum aufgegeben. Wir haben nichts, worüber wir reden könnten. Ich frage sie, wann wohl der Strom wieder angestellt wird.

»Wer weiß? Manchmal dauert es zwei oder drei Stunden, oder die ganze Nacht. Oder vierundzwanzig Stunden. Niemand weiß das.«

Und sie seufzt schwer. Ich trinke langsam. Ich würde gern vor das Haus gehen. Ich krieg Zustände, wenn das Haus so verrammelt ist. Um irgendwas zu sagen, erwähne ich die Mulattin, die den Rum verkauft:

»Ziemlich scharf, diese Mulattin. Die hat vielleicht Titten.«

»Flores? Eine Dreckschlampe ist das. Für ein paar Pesos macht sie's mit jedem. Du bist genau wie dein Vater. Du stehst auf ordinäre Weiber.«

Ich betaste meine Hosentasche. Ich habe eine Cassette von Paquita la del Barrio mitgebracht. Corridos über Liebe und Verrat. Rancheras und Boleros über Menschen, die untreu sind, und Menschen, die leiden. Aus einfachen Gründen. Nichts Bedeutendes. Aber ohne Strom können wir keine Musik hören.

»Mutter, hast du noch Kerzen? Die hier ist gleich runtergebrannt.«

»Ich hab nur noch diesen Stummel. Nicht mal in der Shopping Mall gibt's noch Kerzen.«

»Wenn sie aus ist, können wir nur noch schlafen gehen.«

»Mhm.«

Wir verharren wieder schweigend. Nichts zu sagen, nichts zu machen. Ich trinke weiter. Ich will mich mit dem Rum betäuben. Wenn ich ins Bett falle, werde ich schlafen wie ein Stein. Und nebenbei widerstehe ich der Versuchung, zu Flores zu gehen. Meine Mutter fängt wieder mit dem Thema an:

»Dein Vater hat so gelebt. Wie ein wildes Tier. Huren, Bars und Tavernen. Ordinäre Weiber. Und ich musste das alles aushalten. Außerdem war er ein Taugenichts. Ein Taugenichts bis zum Tod.«

»Ich bin kein Taugenichts.«

»Also, ich weiß nicht, was soll ich dazu sagen? Mulattinnen, Rum, Musik. Ein lässiges Leben. Und alles ohne zu buckeln. Du führst dich auf wie ein feiner Pinkel. Wenn du kein Taugenichts bist, siehst du jedenfalls aus wie einer.«

»Papa war nicht so. Er hat ganz schön geschuftet …«

»Ach was. Er war sein Lebtag ein Taugenichts und einer, der sich nicht entscheiden konnte. Gott hab ihn selig, aber das ist die Wahrheit. Und du bist genauso wie er. Jetzt hast du schon fünf Kinder von fünf verschiedenen Frauen, und da stehst du noch auf Flores, die vulgärste Schwarze im ganzen Viertel. Eine billige 4-Peso-Nutte.«

Ich blieb schweigend sitzen. Ich will mich nicht streiten. Und schon gar nicht bei der Hitze in einem stockdunklen Raum voller Moskitos, Feuchtigkeit und Kakerlaken. Meine Mutter nimmt alles so ernst. Man könnte meinen, sie wäre keine Kubanerin. Sie hat den Humor verloren, die Geschmeidigkeit des Lachens.

»Ich gehe schlafen, mein Junge. Morgen ist auch noch ein Tag.«

Sie trug die Kerze bis zum Spülbecken. Dann fing sie an, Pillen aus verschiedenen Dosen und Schachteln zu nehmen. Am Ende hatte sie sieben Stück in der Hand. Beruhigungsmittel, Tranquillizer, Schlafmittel. Keine Ahnung. Sie spülte sie mit einem Glas Wasser runter.

»Gehst du auch schlafen?«

»Nein, Mutter. Ich setze mich noch eine Weile vor die Tür.«

»Pass auf. Es ist stockdunkel und man kann nichts sehen. Da kann irgendeiner daherkommen und dich verprügeln und ausrauben. In diesem Viertel wird es von Tag zu Tag schlimmer.«

»Mach dir keine Sorgen, Mutter, schlaf ruhig.«

Sie nahm die Kerze mit. Ich tastete nach der Flasche und dem Glas und ging vor das Haus. Ich setzte mich auf den Boden. Es wehte eine hübsche Brise. Ich werde weitertrinken, bis ich müde bin und vor Schläfrigkeit fast zusammenbreche. Ich glaube, morgen gehe ich den Tätowierer besuchen. Es fällt mir schon länger schwer, mich zu entscheiden. Ich weiß nicht, ob ich mir einen schwarzen, wilden Panther tätowieren lassen soll, sprungbereit, mit gebleckten Zähnen und ausgefahrenen Krallen. Oder einen bengalischen Tiger in derselben wütenden Pose. Am linken Oberarm, nahe der Schulter.

Ich glaube, der Tiger sagt mir mehr zu. Ein wildes Tier, wie meine Mutter sagt. Ein wilder, wütender Tiger.

Hundefraß

Ich erwache mit einem staubtrockenen Mund, Kopfschmerzen und einem leichten Kater. Der Rum von gestern Abend war einfach zu schlecht. Dazu eine ganze Flasche. Mein Schwanz ist steif wie ein Stock. Ich streichle mich und masturbiere ein wenig. Ich denke an Flores. Meine Mutter hat recht. Mir gefallen Flittchen, ordinäre Weiber, Nutten und Scheiße. Ich stehe auf und öffne das Fenster. Ich brauche reine Luft. Na ja, an diesem Punkt im Leben sollte ich nicht so anspruchsvoll sein. Etwas Frischluft genügt. Da ist der Hinterhof mit dem Mandelbaum und dem Flamboyant. Das Morgengrauen, feucht und etwas neblig. Ich habe immer noch einen Mordsständer, aber ich werde Flores' Versuchung nicht erliegen. Ich ahne, dass sie irgendeine Krankheit mit sich rumschleppt. Filzläuse, Tripper, Syphilis, AIDS. Wer weiß? Diese Mulattin ist eine zu große Dreckschlampe. Ich kann ihr mein Ding nicht reinstecken. O nein. Ruhig Blut, mein Guter.

Mir gefällt dieses halb ländliche Panorama von El Calvario. Die verlassenen, grasüberwucherten Wohnklötze. Dahinter die Südautobahn und jenseits davon die endlose Ebene, unnütz und grün. Ich erinnere mich an jene langweilige Zeit vor fünfzehn Jahren. Aus meinem Appartement im vierten Stock sah man nur ein Sägewerk und ein paar andere Gebäude, alle gleich. Und ich eingepfercht in feste Zeiten und Verantwortung. Nie passierte etwas. Wir waren alle brav und anständig, gehorsam, diszipliniert. Heute ist es umgekehrt: Wir sind alle böse und unanständig. Die Frauen nuttig, die Leute zynisch und pervers. Alle in einem verzweifelten, wahnwitzigen, zügellosen Wettlauf um unseren täglichen Dollar. Man muss um jeden Preis vorwärtskommen und die Scheiße hinter sich lassen. Das ist okay. Das gefällt mir. Wenigstens ist es nicht langweilig. Und die Leute haben ihre Masken abgelegt. Kein schöner Schein mehr. Jetzt ist die Zeit des Chaos und des Wahnsinns. Krallen und Zähne, am Rande des Abgrunds.

Ich ging ins Bad. Ich pinkelte. Mein Ständer ließ etwas nach. Zum Glück. Ich wusch mir das Gesicht. Machte Kaffee. Ich trank zwei Tassen und bekam Lust zu kacken. Ins Bad. Zum Kacken. Durch die Stimulierung am Anus bekam ich wieder einen Steifen. Soll das den ganzen Tag so weitergehen? Eine Erektion nach der anderen? Ich kackte zu Ende. Dann wusch ich mir den Hintern mit Wasser und Seife. Ich goss mir auch etwas frisches Wasser über den Schwanz. Er wurde noch härter. In letzter Zeit koche ich viel mit mexikanischen Chilis. Ob es daran liegt?

Ich zog mich an, nahm mein Notizbuch und ging in den Hof. Ich setzte mich unter den Mandelbaum. Eigentlich wollte ich mir etwas für eine Geschichte notieren, aber ich hatte vergessen, was. Als ich darüber nachdachte, vergaß ich auch die Erektion und sie verging von selbst. Das ist es. Man muss den Geist vom Sex abziehen, sonst wird man verrückt.

Ich habe die letzten Gedichte von Raymond Carver dabei. Armer Typ. Tess meint, das Ende seines Lebens sei gar nicht so schlimm gewesen. Ich sehe das anders. Das Ende ist immer abstoßend und beschissen. Na ja, nichts zu machen, die Morgenfrische, die Carver-Gedichte, die Stille, der Mandelbaum und ich. Meine Mutter hat recht: Ich führe mich auf wie ein feiner Pinkel. Meine Welt ist die Muße. Ich bin durch Irrtum arm geboren. Ich gehe in die Küche, um mir noch einen Kaffee zu holen. Meine Mutter ist schon auf. Sie fängt an zu reden. Gibt's das? Ich halte es nicht aus, wenn man mich so früh zulabert. Es ist acht Uhr morgens.

»Mutter, es ist nicht gut, nach dem Aufstehen so viel zu reden.«

»Ach, Junge, du fährst doch gleich wieder, und dann habe ich niemand, mit dem ich reden kann.«

»Red mit den Nachbarn. Lass mich lesen.«

Ich gehe wieder hinaus in den Hof, das Notizbuch und den Kugelschreiber in der Hand. Nichts. Ich erinnere mich an rein gar nichts. Verdammte Scheiße, das war eine gute Idee! Ester, die Nachbarin von nebenan, kommt ans Tor. Sie lächelt heuchlerisch:

»Guten Morgen, Herr Nachbar. Darf ich reinkommen?«

»Nur zu.«

Mit ihr kommt ein Typ herein. Ester sieht aus wie eine Tuberkulosekranke. Sie ist leichendürr und hat grauenhaft schlechte Haut. Sie muss fünfzig sein. Sieht aus wie sechzig. Der Typ ist vielleicht dreißig. Oder etwas drüber. Sie steht auf junge Kerle. Er ist wohl ihr Stecher. Sie kommen näher. Sie sagen Guten Tag. Ester stellt uns vor und tut so, als wären wir dicke Freunde:

»Also, Ismael, das ist mein alter Nachbar. Wir kennen uns schon ewig. Du kannst mit ihm ganz offen sprechen.«

Ismael holt einen Stempel aus Eisen hervor. Er hat ihn in ein paar Lappen eingewickelt. Er kramt ihn heraus und hält ihn mir unter die Nase. Dazu hat er mehrere Ein-Peso-Münzen mitgebracht.

»Schau her, Kumpel, das ist ein Superdeal. Mit diesem Stempel hab ich dreihunderttausend Münzen geprägt. Dreihunderttausend Pesos in zwei Jahren. Er ist perfekt.«

»Das glaube ich nicht.«

»Wieso nicht?«

»Da hättest du über vierhundert Münzen pro Tag prägen müssen.«

»Na und? An manchen Tagen waren's tausend. Ich allein, Alter, ohne jede Hilfe. Wenn du den Dreh raushast, geht das superschnell. Und leicht.«

»Wenn er so toll ist, warum willst du ihn dann verkaufen?«

»So halt. Probleme, die einem das Leben bringt. Ich hab meine Frau verlassen. Und die Fotze ist zu den Bullen und hat mich angezeigt.«

»Und jetzt sind die Bullen hinter dir her?«

»Vergiss es. Schau her, wenn du willst, führ ich ihn dir schnell vor, und ich mach dir 'nen guten Preis. Ich kann ihn dir für …«

»Das ist kein Geschäft für mich, Kumpel.«

»Ich verkauf ihn dir für siebenhundert Dollar.«

»Spinnst du?! Siebenhundert?! Das plus die siebenhundert, die ich nicht hab, macht schon tausendvierhundert.«

»Ich erklär dir, wie das mit der Legierung geht, dann

schlägst du sicher ein. Das amortisiert sich doch in ein paar Monaten von selbst, Alter. Man nimmt Blei und Kupfer. Oder Blei und Bronze. Und die lässt man liegen, bis sie rosten und anlaufen. Ich sag dir, die Sache ist perfekt.«

»Und ich sag dir, dass ich so was nicht mache. Ich bin nicht interessiert.«

Ester mischt sich ein.

»Hör mal, junger Freund, das ist ein Geschenk der Götter, was er dir da anbietet. Wir richten bei mir die Werkstatt ein, und ich arbeite mit. Als gleichberechtigte Partnerin. Ich hab kein Geld, um den Stempel zu bezahlen, aber …«

»Nichts aber, Ester. Ich will keinen Ärger mit der Justiz. Weißt du, was auf Falschmünzerei steht? Fünfundzwanzig Jahre Knast. Und überhaupt, sagt ja zu keinem, dass ihr mit mir auch nur geredet habt. Ich weiß von nichts …«

Meine Mutter kam raus in den Hof. Stinksauer lief sie auf uns zu.

»Ester, verlass sofort meinen Hof! Wer hat dich hier reingebeten? Ich will bei mir keine Leute, die's mit dem Teufel haben. Raus!«

Ester antwortete nicht. Sie drehte sich nur um und rauschte ab. Ismael packte seinen Stempel ein und sah mich an, in Erwartung einer Antwort.

»Nee, Kumpel, ich will damit nichts zu tun haben.«

Meine Mutter keifte immer noch herum.

»So eine schamlose Bande!«

Der Typ zog ein Goldkettchen heraus und hielt es mir hin.

»Komm schon, Freund, kauf mir das hier ab. Das sind

achtzehn Karat, dreiundzwanzig Gramm. Ich mach dir'n guten Preis.«

Meine Mutter schubste ihn beiseite.

»Hauen Sie auch ab, Sie mit Ihrer Teufelsfrau! Raus hier! Verkauft Diebesgut!«

Sie schubste ihn bis ans Tor und hinaus auf die Straße. Sie war jetzt völlig außer sich. Ich wartete, bis sie sich beruhigt hatte, bevor ich etwas zu ihr sagte. Vermutlich ging es um Nachbarschaftsstreitigkeiten. Ich brachte meine Mutter in die Küche und bat sie, sich nicht so aufzuregen.

»Sonst kriegst du noch einen Infarkt. Du bist zu alt für solche Streitereien. Ester ist kein schlechter Mensch.«

»Verfaulter Hundefraß ist sie! Diese Frau hat den Teufel auf der Zunge. Ich will sie hier nicht haben!«

»Ruhig, Mutter, ganz ruhig.«

»Die Frau hat ihre Mutter umgebracht. Nein, wirklich. Hundefraß.«

»Wir sind doch alle totes Fleisch, Mutter, reg dich ab. Beruhige dich mal.«

»Weißt du, warum ihre Mutter an Mundhöhlenkrebs gestorben ist?«

»Wer ist an Krebs gestorben?«

»Olga, Esters Mutter.«

»Ach, das wusste ich nicht.«

»Ich hab's dir zwanzig Mal gesagt, dass die arme Olga im Sterben liegt.«

»Das weiß ich nicht mehr.«

»Weil du nicht zugehört hast. Ich rede, und du hörst nicht zu.«

»Na ja.«

»Olga und ich, wir waren sehr eng befreundet. Eines Abends sitzen wir im Hof zusammen, und da erzählt sie mir, dass Ester kein Geld hätte, nicht mal zum Essen, weil sie alles ihren jungen Männern gibt. Die tut alles, um mit jungen Männern ins Bett zu gehen. Sie ist eine lasterhafte Person.«

»Ist doch ganz normal. Klar.«

»Dann hat mir Olga erzählt, dass sie ein schweres Leben hatte, weil sie ihr Haus auf dem Land aufgeben und ins Dorf kommen musste. Sie allein mit sieben Kindern.«

»Meine Fresse! Die Frau hatte Mumm.«

»Ihr Mann war in einen ganz tiefen Brunnen gefallen und darin ertrunken. Und da hat sein Bruder, ihr Schwager, sie von der Finca gejagt. Sie mit ihren sieben kleinen Kindern.«

»Donnerwetter, das ist schlimm.«

»Ja, und danach ging sie nach Havanna. Da zog sie als Hausmädchen von einem reichen Haus zum nächsten, in El Vedado, bis sie schließlich als Nutte im Colón-Viertel arbeitete.«

»Nicht schlecht. Da hat sie bestimmt mehr verdient und hatte ihren Spaß.«

»Sie war sehr hübsch. Sie hat mir Fotos von damals gezeigt. Sie brachte ihre Kinder um sechs Uhr abends ins Bett, ging dann los und trieb es bis zum nächsten Morgen mit den Freiern. Angeblich hatte sie noch mit fünfzig einen guten Körper und die ganze Nacht zu tun.«

»Das hat sie dir erzählt?«

»Wir waren gut befreundet. Wir waren ganz offen zueinander. Aber was ich sagen wollte: Ester hatte sich hinter dem Hühnerstall im Hof versteckt. Sie hat alles mitgehört. Und da kommt sie auf einmal rausgesprungen und sagt zu ihrer Mutter: ›Was musst du so viel quatschen?! Das geht keinen was an! Ich wünsch dir 'nen Krebs an die Zunge, schamlose Alte! Du Klatschmaul. Das machst du bloß, um deine Kinder zu demütigen. Wir hatten schon genug wegen dir zu leiden, und jetzt ruinierst du auch noch unseren Ruf. Das geht keinen was an!‹«

»Da hatte sie recht, Mama. Wenn du Nutte gewesen wärst, würde ich keinem was davon sagen.«

»Das ist es nicht. Es geht nicht um den Klatsch. Es geht darum, dass sie sie drei Mal verflucht und ihr den Zungenkrebs gewünscht hat.«

»Und den hat sie auch bekommen.«

»Nur wenige Monate, und sie hatte ihn. Und es war das Widerlichste von der Welt. Zwei Jahre Leiden, bis sie gestorben ist. Man kann es kaum glauben.«

»Sachen gibt's.«

»Aber im Leben hat alles seinen Preis. Jetzt fällt Ester die Haut in Fetzen ab.«

»Ja, sie sieht aus wie eine Leiche.«

»Sie wird allmählich blind. Ihre Haut und ihre Nägel trocknen aus und fallen ihr fetzenweise ab.«

»Was ist das für eine Krankheit?«

»Das weiß keiner. Sie war schon bei allen Ärzten, und die verschreiben ihr Vitamine.«

»Scheiße, das ist wirklich ein Leidensweg – El Calvario! Ziemlich treffend, dass das Viertel so heißt.«

»Das stimmt, mein Junge, es ist ganz schön schlimm geworden. Früher war das hier nicht so.«

Wir schweigen. Einige Minuten lang. Ich glaube, ich denke an nichts. Das gefällt mir. Etwas Leere und Nichts. Die Leere und das Nichts sind zu viel für uns. Unerreichbar. Meine Mutter unterbricht mich – wie üblich.

»Ich habe spanische Spielkarten gekauft.«

»Wie das?«

»Ich glaube, ich möchte mit dem Kartenlegen anfangen.«

»Ach hör auf, Mutter, was verstehst du denn davon?«

»Ich war in meinem Leben schon bei vielen Kartenlegerinnen. Und ich weiß, wie das geht.«

»Du willst in deinem Alter noch naive Leute ausnehmen.«

»Von wegen ausnehmen. Helfen.«

»Eine gute Kartenlegerin hat eine spirituelle Gabe und …«

»Dann bin ich halt eine von den schlechten. Ist mir egal. Du wirst sehen, wenn ich erst zwei, drei Leuten die Karten gelegt habe, werden die Kunden schon kommen. Die Leute sind verzweifelt. Alle haben Probleme, brauchen Hilfe. Und ich brauche Geld.«

»Na, dann viel Glück in deinem neuen Metier. Ich gehe dann mal.«

»Immer bist du in Eile. Nie haben wir Zeit zum Reden.«

»Reden worüber?«

»Reden halt. Über alles.«

»Red nicht so viel.«

Sie sah mich an aus ihrer Einsamkeit, und ich spürte, wie sie mir sagte: ›Bleib noch ein wenig.‹ Aber nein. Ich küsste sie flüchtig auf die Wange und ging.

Ruhig, Tiger, nichts Neues

Ich bin es gewöhnt, dass all meine Liebesgeschichten aufregend und erschütternd verlaufen. Liebe mit Knalleffekt. Tiefe Spuren. Das Ende in der Psychiatrie. Ich begriff das jetzt, nach sechs Monaten allein. Praktisch allein, meine ich.

Ich kann nicht mit einer pflegeleichten, nüchternen Frau zusammenleben. Nein. Ich brauche leidenschaftliche, verrückte Frauen. Mit Feuer im Unterleib. So eine Frau ist heikel, liberal, vorurteilsfrei und unberechenbar. Reines Feuer. Ich muss sie an die kurze Leine nehmen und darf nicht lockerlassen. Sie bäumt sich auf, versucht, mich durch die Luft zu wirbeln. Aber ich behalte die Kontrolle. Mit der Reitpeitsche, die Zügel straff. Ohne einen Zentimeter nachzugeben. Bis sie müde wird und erkennt, dass ich der Reiter bin. Dann fängt sie an, von einer Familie und von Kindern zu träumen, und will, dass ich sie schwängere. Genau das gefällt mir. Zähmen und pervertieren. Die Frauen an meine Peitsche und an meine Küsse zu gewöhnen.

Bei unterwürfigen Frauen fühle ich mich unwohl. Ich werde wütend, aggressiv. Geistige Mattheit und Trägheit überkommen mich. Mein Sexualtrieb lässt nach, und ich beginne zu altern.

Jetzt versuche ich, alles zu rationalisieren. Wenn ich zu

einem gewissen Maß an Vernunft finde, gelingt es mir vielleicht, besser zu leben. Mit weniger Erschütterungen und mehr Mattheit. Es ist schwierig. Fast unmöglich. Vielleicht versuche ich es in der nächsten Inkarnation noch einmal.

Ich dachte an all diese Sachen und pflanzte dabei einige Samen jamaikanisches Gras. Ein paar deutsche Journalisten hatten sie mir als Geschenk mitgebracht. Sie versicherten, auf Kuba würde das eine gute Ernte geben. »Das Zeug ist geruchsintensiv und sehr stark, pass auf. Kubanisches Kraut, das aus Baracoa, ist zu schwach«, sagten sie. Sie sind Kenner der Materie. In zwei Monaten sollte die erste Ernte fällig sein.

Da war ich also, versteckte das Gras in ein paar Beeten zwischen kleinen japanischen Bambussträuchern und anderen unschuldigen Blümchen. Und dabei sagte ich mir: ›Ruhig, Tiger, es gibt nichts Neues unter der Sonne. Verlier nicht die Geduld.‹ Außerdem befühlte ich mit der Zunge eine Zahnfüllung, von der mir am Vorabend ein Stück abgebrochen war. Keine Ahnung, wie. Jetzt ist da ein Loch, und die Zungenspitze sucht ein ums andere Mal diesen Ort. Ganz schöner Mist, einen Zahnarzt suchen zu müssen, der Material hat und gut arbeitet.

Da rief Miriam an. Sie wirkte etwas angespannt. Am Sonntag hatten wir eine heftige Auseinandersetzung gehabt. Es vergingen vier Tage, ohne dass ich sie anrief. Es war mir gleich, ob wir wieder zusammenkamen oder nicht. Ich glaube, ich bin in einer von meinen Buddhistischer-Mönch-Phasen. Ich ertrage nicht viele Leute um mich. Zwei Menschen, die zusammen sind und sich streiten, richten mehr Schaden an als eine aufgepeitschte Menge.

»Warum rufst du mich nicht an? Ich hab so Lust, dich zu sehen.«

»Ich auch.«

»Am Sonntag hast du dich aufgeführt wie ein Tier. Du kannst ganz schön aggressiv werden.«

»Und du hypersensibel.«

»Nein, nur ...«

»Nix nur, Miriam. Du bist daran gewöhnt, dass du diesen Nichtsnutz von deinem Schwarzen an der Nase herumführen kannst, und glaubst, alle Männer wären gleich. Hast du jetzt Zeit?«

»Ja.«

»Dann beeil dich.«

Ich legte auf. Eine Stunde später war sie da.

»Bist du geflogen?«

»Im 195er.«

Wir küssten uns. Wir leckten uns ab. Ich zog sie aus, und wir redeten nicht weiter. Ich legte Musik auf, damit die Nachbarn sie nicht schreien hörten. Wir gefallen uns zu sehr, und wir machen es von Mal zu Mal zärtlicher. Sie hat einen Orgasmus nach dem anderen. Ich muss ihr nur was ins Ohr flüstern. Sie hat mir gesagt, dass sie bei ihrem Mann erst ganz am Ende kommt. Ich kann das kaum glauben. Ihr Mann hat einen fünfundzwanzig Zentimeter langen Schwanz. Meiner ist nur achtzehn Zentimeter. Sie hat beide gemessen. Sie sagt, meiner sei dicker, und erklärt mir, die Scheidenwand würde sich ganz ausgefüllt anfühlen. Und die Perle, die an der Klitoris reibt, macht sie verrückt. Kurz, sie ist die wissenschaftlichste, rationalste Schwarze von der Welt. Alles erklärt sie auf logische, überzeugende Weise.

Manchmal treibt mich ihre cartesianische Langsamkeit zur Weißglut. Ich flüstere ihr ins Ohr:

»Ich werd dich schwängern, du Hure. Der Saft wird dir zu den Ohren rauslaufen.«

»O nein, Süßer, sei nicht so gemein, nein, nein! O ja, gib mir alles und schwängere mich, du Hurenbock!«

Sie wiederholt mir das zwanzig Mal: »Schwängere mich, du Hurenbock, ich gehöre dir, gib mir mehr Saft, du machst mich fertig. Zerquetsch mir den Kitzler mit deiner Perleeee!« Und ich kann nicht mehr und komme wie ein Wilder, nach vier Tagen Abstinenz. Am Ende hecheln wir wie die Tiere, erschöpft, durchgeschwitzt. Wir umarmen uns fester, küssen uns bis auf den Grund und spüren die Liebe. Dieses Gefühl, dass wir eins sind und nichts von Bedeutung ist. Wir schlafen umarmt. Wir wachen gleichzeitig auf. Miriam blickt etwas verdutzt zur Tür und fragt:

»Hast du das gesehen?«

»Was?«

»Eine Frau in einem schwarzen Kleid. Sie ist gerade rausgegangen. Hast du sie nicht gesehen?«

Ich erstarre. Solche Dinge machen mir Angst, und ich habe das Scheißpech, immer auf Frauen zu treffen, die überall Geister und Tote sehen. Miriam steht rasch auf und geht zur Zimmertür. Sie blickt hinaus auf den Gang und kommt zurück.

»Miriam, was war das?«

»Die Einsame Seele. Sie kommt sonst immer in Träumen, aber als ich aufgewacht bin, habe ich gesehen, wie sie das Zimmer verließ.«

»Verdammt! Siehst du, wie ich eine Gänsehaut kriege? Wer ist das?«

»Sie ist eine schwarzgekleidete Frau. Es heißt, sie lebt allein auf einem Berg. Ich weiß nicht genau. Sie kommt, gibt mir Ratschläge in Sachen Männer und verschwindet wieder. Sie besucht mich schon seit vielen Jahren.«

»Macht dir das keine Angst?«

»Nein. Es gibt ein spezielles Gebet für sie, und sie bittet mich immer darum, dass ich es für sie spreche.«

»Und was sagt sie dir?«

»Jetzt gerade hat sie gesagt: ›Dieser Mann gehört weder dir noch sonstwem. Du wirst viel leiden, wenn du mit ihm zusammenbleibst. Ihr gefallt einander, aber ihr könnt nicht zusammenleben. Ihr seid euch zu ähnlich, und das bringt Unstimmigkeiten. Such mein Gebet, und bete es drei Mal.‹ Dann hat sie mich an der Stirn berührt und ist gegangen.«

»Und du bist aufgewacht.«

»Als sie mich an der Stirn berührt hat. Ich habe ihre Hand gefühlt, sehr kalt. Es war ein Traum, aber es war kein Traum. Verstehst du?«

»Ja, klar. Uff. Willst du Wasser?«

Ich ging in die Küche. Ich brachte zwei Gläser Wasser. Nach dem kurzen Schläfchen hatte ich schon wieder einen Ständer. Ich zeigte ihr das.

»Ei, ei, ei, unser Kleiner wird pornografisch. Möchtest du noch mal rangenommen werden?«

Sie küsst meinen Schwanz. Sie lutscht wie eine Weltmeisterin. Nur mit den Lippen. Ich weiß nicht, wo sie die Zähne lässt. Sie sieht meinen Pimmel genau an, mustert und wiegt ihn in der Hand und sagt:

»Du hast einen Schwanz wie ein Schwarzer. Groß, dick und dunkel.«

»Es lebe die Black Power! Jetzt quatsch nicht und lutsch weiter.«

Wir spielen noch ein wenig rum. Aber es reicht. Sie löst sich von mir und sagt:

»Ich muss ins Krankenhaus. Mein Schwager ist schon seit zwei Tagen auf Station. Und die Ärzte können nichts finden.«

»Was ist mit ihm?«

»Die tägliche Sauferei. Sein Unterleib ist steinhart geworden, und er hat heftige Schmerzen. Man vermutet eine Entzündung der Bauchspeicheldrüse.«

»Das kommt von dem Warfarin und dem schlechten Rum. Das Mistzeug ist reine Säure. Das zerfrisst einem noch die Knochen.«

»Glaube ich auch. Und er isst nichts. Er ist ganz dünn geworden, und seine Augen sind eingefallen.«

»Trinkt er jeden Abend? Genau wie dein Göttergatte.«

»Mein Göttergatte ist schlimmer, der trinkt nur Warfarin. Um acht liegt er schon schnarchend im Bett, ohne Dusche oder Abendessen.«

»Der bringt sich nach und nach um.«

»Sieht ganz so aus. Er möchte am liebsten sterben. Das hat er mir schon mehrmals gesagt.«

»Der Mann betet dich an, Miriam. Du kannst dir nicht vorstellen, wie sehr er dich liebt.«

»Glaubst du?«

»Das ist offensichtlich. Aber er ist so ein Trottel, dass er nicht weiß, wie er dich erobern soll. Darin war er noch nie gut. Und deshalb säuft er wie ein Wilder. Wer weiß, wie viel Tränen er hinter deinem Rücken vergießt.«

»Ich verabscheue ihn. Und wenn er vor mir weint, hasse ich ihn noch mehr. Wir streiten jeden Tag. Ich kann ihn nicht mehr ertragen.«

»Das ist gelogen. Du hast mir erzählt, dass es sexuell zwischen euch super läuft.«

»Im Bett ist er sehr zärtlich.«

»Und untreu ist er nicht?«

»Nicht dass ich wüsste.«

»Du willst es nicht zugeben, aber du hast ihn benutzt wie einen Sklaven. Er putzt, wäscht, spült ab, kocht. Er duldet deine Seitensprünge. Du kommst um zehn Uhr abends heim und gibst ihm keinerlei Erklärung. Oder du verschwindest für drei Tage und verklickerst ihm was von einer Geschäftsreise. Und der Typ glaubt das auch noch.«

»Im Grunde glaubt er es nicht. Aber er duldet es, ohne zu mucken.«

»Siehst du, wie mies du drauf bist? Du hast den Typen plattgemacht, und du willst ihn noch mehr in den Staub treten.«

»Red nicht so. Sag nicht solche Sachen.«

»Du willst es ja nicht einsehen. Du bist sehr stark, Miriam. Und du hast den Schwarzen bös erwischt. Du bist dabei, ihn fertigzumachen.«

»Er ist eine Niete, ein fauler Sack. Wir leben von meinem Geld. Alles, was er hat, vertrinkt er.«

»Er ist wie ein Kind. Ein Schwanz und sonst nichts.«

»Und wie stolz er auf seinen Schwanz ist. Er hat einen

Dauerständer, und den führt er mir vor, als wär's eine Machete.«

»Das hebt sein Selbstwertgefühl.«

»Allzu sehr. Seit ich seinen Pimmel gemessen habe, sagt er: ›Da, schau, ein Mordsding, fünfundzwanzig Zentimeter für dich allein. Du solltest stolz drauf sein. Pfleg ihn gut, sonst verlierst du ihn noch. Es sind ständig fünfzig Frauen hinter mir her.‹«

»Hahaha, das ist gut. Er droht dir.«

»Er ist ein Idiot. Ich sage nichts und denke mir: ›Wenn du wüsstest, dass es da einen achtzehn Zentimeter langen Schwanz gibt, der mir besser gefällt.‹ Der Pimmel ist nicht alles. Aber das kapiert er nicht. Keine Frau steht auf eine solche Niete. Auf ihn ist einfach kein Verlass, egal worum es geht.«

»Das ist die Art Mann, die zu dir passt: einer, der was aushält, der treu ist, sich manipulieren lässt, der dir guten Sex verschafft, dich dein Leben leben lässt.«

»Ich steh nicht mehr auf ihn. Er hält zu viel aus …«

»Aus Liebe. Du bist weg, er weiß weder, wo du steckst, noch wann du wiederkommst, und um nicht wie ein Baby zu heulen, gibt er sich die Kante, bis er besinnungslos ins Bett fällt.«

»Er mag es, wenn ich ihn schlecht behandle.«

»Dann ist er wohl Masochist.«

»Und ein eingefleischter Wichser, eine halbe Tunte. Von allem ein bisschen.«

»Wieso?«

»Wenn ich's mit dir mache, komme ich schmutzig nach Hause. Und er lässt mich nicht duschen.«

»Nein?«

»Er zerrt mich direkt ins Bett. Und er schiebt mir die Zunge bis hinter die Eierstöcke rein. Ich hoffe, du kannst ihm mal dabei zusehen, wie er deinen Samen aufleckt. Er sucht ihn mit der Zunge und schluckt ihn runter.«

»Der Typ hat ja 'ne Meise. Das hast du mir nie erzählt.«

»Und er sagt zu mir: ›Du warst bei einem anderen, du Nutte. Er hat ganz saure Wichse, dieses Dreckschwein.‹«

»Der Schwarze ist völlig durchgeknallt.«

»Er kriegt dann einen Wahnsinnsständer. Und er fickt mich noch lieber und flüstert mir ins Ohr: ›Sag mir, wer es ist. Hat er ein langes Ding? Besorgt er's dir richtig? Steckt er ihn dir in den Arsch? Erzähl schon.‹«

Jetzt werde ich wieder geil. Und wir legen von neuem los. Als ich sie bis auf den Grund nagle, sage ich zu ihr:

»Du bist eine Nutte bis ins Mark, du schamloses Flittchen. Du hast gern zwei gleichzeitig.«

»Ja, klar hab ich das gern.«

»Dann beschwer dich nicht weiter, Schlampe. Sprich's mit ihm ab, und wir schieben 'nen flotten Dreier.«

»Nein, dazu hat er zu viele Vorurteile.«

»Das ist Quatsch. Er wird begeistert sein, mir den Schwanz zu lutschen, während du ihm den Finger in den Arsch steckst. Du wirst schon sehen, was wir für einen Spaß haben.«

So machen wir noch eine Weile weiter, aber wir sind müde geworden. Wir bleiben Arm in Arm liegen und küssen uns sanft.

»Manchmal denke ich, du liebst weder ihn noch mich.«

»Willst du die Wahrheit wissen?«

»Ja. Sag.«

»Ich bin schon vierundvierzig. Fünfzehn Jahre verheiratet mit diesem Idioten, ein Hundeleben in einer Holzhütte kurz vor dem Abriss, dazu Anämie und Hunger.«

»Du hast es dir so ausgesucht.«

»Kann sein, aber ich finde, es ist an der Zeit, damit Schluss zu machen, Geld aufzutreiben und mir ein anständiges Häuschen zu kaufen.«

»Und allein zu wohnen?«

»Allein oder in Begleitung, aber in meinem Haus. Ich will etwas, das mir gehört. Ich will für mein Eigentum kämpfen. Ich will mich nicht bei einem Mann anlehnen wie all die anderen Frauen. Aber das kannst du nicht verstehen.«

»Wieso nicht? Ich verstehe das sehr gut. Und es gefällt mir. Mir steht es auch bis hier, dass sich die Frauen bei mir anlehnen. Und sie wollen dies und wollen das, und nie ist es genug. Je mehr ich gebe, desto mehr wollen sie.«

»Zur Zeit lehne ich mich ein bisschen bei dir an, aber …«

»Das ist nicht dasselbe. Ein paar Pesos dann und wann …«

»Ich habe schon Bescheid bekommen, dass es losgeht. In vier Tagen bin ich weg.«

»Endlich. Haben sie auch gesagt, wohin?«

»Belize.«

»Zwei Jahre?«

»Mindestens. Höchstens vier. Aber ich komme mit dem Geld für mein Haus wieder.«

Wir schweigen. Wir können daraus kein Drama machen. Und es gibt keine Alternativen. Sie hat Jahre auf diesen Vertrag gewartet.

»Ich wollte es dir persönlich sagen. Ich bin gekommen, um mich von dir zu verabschieden.«

»Ich werde nicht auf dich warten, Miriam. Ich meine, ich mache hier keinen auf Treue und Reinheit. Das ist eine zu lange Zeit. Du wirst deine Geschichten haben. Und ich die meinen. Aber ich hab's im Gefühl, dass es mit uns noch weitergeht.«

»Ich glaube an ein Schicksal.«

»Ich will keine Abschiedsszenen. Ruf mich an, und wir verabschieden uns am Telefon.«

»Mensch, bist du ein trockener Hund.«

»Im Gegenteil. Ich mag nur keine Abschiede.«

Wir standen auf und zogen uns an. Sie rief im Krankenhaus an. Sie sprach kurz mit ihrer Schwester. Dann hängte sie ein und sagte:

»Ich fahre ins Krankenhaus. Meine Schwester ist seit zwei Tagen dort bei ihrem Mann.«

»Geht's ihm nicht besser?«

»Nein. Er hat immer noch die Schmerzen und kann nichts essen. Nur Flüssignahrung. Ich werde ein paar Stunden auf ihn aufpassen, damit sie sich ausruhen kann.«

»Miriam, hier.«

Ich gab ihr fünfzig Dollar. Sie steckte sie ein.

»Gott sei Dank. Jetzt kaufe ich Fleisch und Eier.«

»Untersteh dich, das Geld für Schuhe und Klamotten auszugeben. Ich kenne dich. Du musst deine Anämie auskurieren.«

»Keine Sorge. Ich werd schon richtig essen.«

Wir umarmten und küssten uns. In unseren Augen standen Tränen. Ich sagte zu ihr:

»Ich lieb dich heiß und innig.«

»Ich dich auch. Und du verstehst mich.«

»Wir verstehen uns beide. Du warst achtzehn und ich fünfundzwanzig. Wie viel Zeit macht das?«

»Von achtzehn bis vierundvierzig, das macht …«

»Sechsundzwanzig Jahre.«

»Eine sehr lange Liebesgeschichte. Bis wann?«

»Bis ich sterbe, Miriam. Ich bin älter als du, ich sterbe bestimmt als Erster.«

Wir küssten uns weiter, und ich flüsterte ihr ins Ohr:

»Ich kann nicht das bisschen Liebe und Mitleid vergeuden, das ich noch habe.«

Sie trocknete sich die Tränen ab und flüsterte:

»Mir geht's genauso. Manchmal denke ich, in mir ist nur noch Wüste. Wenn ich wiederkomme …«

»Das glaube ich auch. Du und ich – das war noch nicht alles. Pass gut auf dich auf … denk an Kondome.«

Sie brach in schallendes Gelächter aus:

»Du bist ein Zyniker, ein echter Hurensohn!«

»Dafür liebst du mich doch.«

Und dann ging sie. Ich blieb einen Augenblick wie erstarrt. Nur einen Moment lang. Ich trocknete mir die Tränen ab. Mit der Zungenspitze befühlte ich die Zahnlücke. Die abgebrochene Füllung ist an der Kante so scharf wie ein Dolch. Ich sollte so schnell wie möglich zum Zahnarzt. Dann ging ich hinein und schloss die Tür. Ich suchte ein Album von den Rolling Stones heraus. Es beginnt mit Heart of Stone. Ich drehte die Lautstärke voll auf.

Pedro Juan Gutiérrez

»Eine der interessantesten Neuerscheinungen seit langem.«
Frankfurter Allgemeine Zeitung

Schmutzige Havanna Trilogie.
Roman. 416 Seiten. 2002
ISBN 978-3-455-02543-9

»Seine Bücher feiern ein düsteres Fest des Lebens [...] sie feiern Dionysos in der Gosse.« *Der Spiegel*

Der König von Havanna.
Roman. 288 Seiten. 2003
ISBN 978-3-455-02544-6

Der Havanna-Zyklus

»In der literarischen Tradition eines Henry Miller oder Charles Bukowski.« *Deutsche Welle*

Animal Tropical.
Roman. 384 Seiten. 2004
ISBN 978-3-455-02545-3

»Gutiérrez offenbart ein hohes Maß an Authentizität.«
Nürnberger Nachrichten

Der unersättliche
Spinnenmann. 256 Seiten. 2006
ISBN 978-3-455-40014-4